L'ORDINE DELLE COSE

ISBN 978-88-477-3001-4

www.edizioniel.com

PAOLA CAPRIOLO

L'ORDINE DELLE COSE

Edizioni EL

A Beatrice, ai suoi diciott'anni.

CAPITOLO PRIMO

La piccola Cindy si era appena lasciata alle spalle il castello della strega, quando ecco profilarsi all'orizzonte un nuovo pericolo, ancora piú spaventoso. «Dalla padella, – pensò, – sono proprio cascata nella brace», e aveva ben ragione di pensarlo. Perché devi sapere che tutt'intorno al castello sorgeva una foresta incantata, cosí fitta e buia da mettere i brividi. Animali feroci popolavano quella foresta, tigri e leoni, ma anche cani e gatti.

«Cosa? – dirai tu. – Da quando in qua i cani e i gatti sono animali feroci?» E infatti non lo sono, anzi, li conosciamo tutti come compagni teneri e coccoloni pronti a giocare con noi ogni volta che glielo chiediamo, ma la strega malvagia aveva preso prigionieri parecchi cani e gatti rapiti ai bambini del circondario e con un trattamento speciale li aveva fatti diventare cattivissimi. In che modo? È semplice: li aveva privati per settimane della loro amata pappa Misterpet (link), delizia di tutti i quadrupedi, e i poveretti soffrivano talmente per la crisi d'astinenza che dovevano sfogarsi mordendo e graffiando chiunque gli capitasse a tiro.

Insomma, la piccola Cindy si era messa in una gran brutta situazione inoltrandosi nei sentieri di quella foresta cosí mal frequentata. A ogni passo sentiva provenire dal folto del bosco un ringhio, un soffio o qualche altro verso minaccioso, e occhiacci fosforescenti, lampeggianti di luce sinistra, sembravano fissarla da tutti i cespugli. Era davvero una bella sfortuna che non avesse con sé nemmeno una scatoletta di pappa Misterpet (link)!

Ma Cindy non si perdeva d'animo: era assolutamente certa di cavarsela. E perché ne era certa? Perché portava ai piedi un paio delle prodigiose scarpe sportive Superfast (link), l'equivalente piú attuale e aggiornato degli stivali delle sette leghe. Se le hai provate saprai anche tu che con quelle si può correre piú veloci del vento, e se non le hai provate ancora (ma che aspetti a farlo?) nel frattempo puoi credere alla parola della tua Fairy Queen. Sí, te lo garantisco io: la piccola Cindy si molleggiò un paio di volte sulle sue scarpe Superfast (link), giusto per prendere lo slancio, e con un balzo si ritrovò in salvo fuori della foresta, mentre le bestie feroci piagnucolavano per la delusione.

Cindy però aveva un cuore grande come una casa e provava pena per quei poveri animali. «Domani, – si ripromise, – tornerò qui con una scorta gigante di pappa Misterpet (link)». E sicuramente avrebbe mantenuto la promessa se nel frattempo non fosse cominciata per lei una nuova, meravigliosa avventura.

CAPITOLO SECONDO

Una nuova, meravigliosa avventura... Chissà perché, quella frase le tornò alla mente anche piú tardi, a computer spento, mentre sistemava nella lavastoviglie i piatti della cena. Non che ne fosse particolarmente orgogliosa: era una delle due o tre formule cui ricorreva sempre per concludere una puntata e che batteva macchinalmente sulla tastiera pensando già ad altro, alla puntata successiva, al prossimo incontro con il capo, o a quel tempo libero che si spalancava come un abisso tra i suoi impegni mai abbastanza fitti.

«Una nuova, meravigliosa avventura» pensò ancora guardando nel vuoto con aria sognante; poi chiuse lo sportello della lavastoviglie e tornò in soggiorno, dove l'accolse il martellante chiacchierio del televisore. Lo teneva sempre acceso quando era in casa, un po' per compagnia, un po' per non sentire il frastuono che proveniva dal cortile e che era prodotto in gran parte da altri televisori. Solo di rado si udiva il suono di una voce vera, quando qualche coppia litigava, quando uno dei numerosi pensionati che abitavano i minuscoli appartamenti in cui era suddiviso lo stabile usciva sul balcone per scambiare due parole con il pensionato del balcone accanto, o quando i proprietari della friggitoria cinese mandavano i loro figli, già arrivati in pochi anni all'impressionante numero di quattro, a giocare in cortile strani giochi di guerra durante i quali lanciavano grida acutissime. Grida da samurai, pensava ogni volta Sabrina, appena sfiorata dal sospetto che i samurai non avessero tanto a che vedere con la Cina quanto con il Giappone, e per coprirle alzava il volume del televisore.

Non sarebbe stato male far incontrare a Cindy un piccolo samurai dagli occhi a mandorla, o magari un samurai molto grosso, versione esotica di quell'orco che le pareva di aver adoperato un po' troppo spesso per creare un tocco di suspense nel suo Fairy Corner. «Comunque, – si disse, – meglio discuterne prima con il capo, spetta a lui valutare i pro e i contro. Se il samurai fosse troppo cattivo, la Desire potrebbe essere accusata di incoraggiare il razzismo, e questo sarebbe assolutamente contrario alla nostra politica aziendale. D'altra parte, se fosse buono che orco sarebbe? Farebbe morire di noia tutti i bambini, di qualunque origine siano. No, meglio discuterne con il capo, se possibile domani stesso». E nel prendere questa decisione Sabrina avvertí un leggero tremore nella parte sinistra del petto.

D'impulso andò davanti al grande specchio della camera da letto e vi si esaminò a lungo, con attenzione preoccupata. La messa in piega poteva resistere ancora un paio di giorni prima del prossimo shampoo: era davvero una fortuna non avere i capelli grassi. Ad ogni modo il taglio era perfetto, e anche il colore non le dispiaceva da quando aveva deciso per quel viola mirtillo.

Veramente avrebbe preferito essere bionda, lo aveva desiderato sin dall'infanzia, forse per via delle principesse dalla chioma d'oro in cui si imbatteva a ogni piè sospinto nelle fiabe che leggeva o che sentiva raccontare dalla nonna la sera, prima di addormentarsi. Comunque, adesso che le fiabe era lei a scriverle non si sentiva di violare la tradizione introducendovi eroine brune o castane. Persino la figura che la rappresentava nel sito della Desire, la Fairy Queen, era una fatina dai lunghi capelli gialli, cosparsi per giunta di un pulviscolo luccicante, che le avvolgevano come un velo vaporoso la testa e le spalle e intorno ai quali svolazzava perennemente uno stormo di uccellini inebriati. Insomma, un'immagine in cui le era del tutto impossibile riconoscersi, e i piú fedeli frequentatori del sito sarebbero rimasti disorientati se avessero potuto vedere nella sua poco fiabesca realtà la bruna ragazza dai capelli corti che si firmava come regina delle fate.

Dallo specchio della camera passò a quello del bagno. Era ora di prepararsi per andare a letto: se voleva avere qualche speranza di parlare con il capo, l'indomani doveva presentarsi in sede molto presto. Quando ebbe indossato il pigiama si affacciò a una finestra e vide che i quattro cinesini erano rientrati.

Spense il televisore, raggiunse il letto e si coricò accanto al bianco gatto di peluche che aveva sostituito il logoro orsacchiotto della sua infanzia. A diciott'anni suonati (anzi, ormai quasi diciannove), era dovuta tornare a quel vecchio e collaudato mezzo di rassicurazione per vincere la paura del buio che l'assaliva ogni notte da quando, dieci mesi prima, un terribile incidente d'auto l'aveva privata del fratello lasciandola sola al mondo. Non era facile, alla sua età, vivere da single in quell'appartamento pieno di ricordi, e meno facile ancora era dormirci; ma tenendosi saldamente abbracciata al gatto bianco, Sabrina poteva almeno illudersi di avere accanto a sé qualcosa di vivo e di caldo, un muto, fedele compagno in grado di confortarla nell'angoscia.

Spense dunque la luce e rimase cosí, sforzandosi di prendere sonno ma in realtà tendendo involontariamente l'orecchio, finché sentí il grido. Lo sentiva tutte le notti, da parecchie settimane, proveniente da chissà quale finestra che come la sua si affacciava sul cortile. Non era un grido da samurai come quelli che lanciavano i cinesini nel fervore delle loro battaglie; era un grido adulto, il grido di un uomo, e non esprimeva ferocia, ma una specie di selvaggia disperazione.

Sabrina si rigirò nel letto, si coprí le orecchie con il cuscino, eppure dopo qualche istante lo sentí ancora, appena attutito dallo strato di gommapiuma. Sapeva che era assolutamente impossibile sfuggirgli: l'unica cosa da fare era aspettare che finisse, e finiva sempre, dopo una decina di minuti, lasciandola immersa in un silenzio che all'improvviso le pareva totale. Ma ancora a lungo Sabrina rimaneva sveglia con il cuscino premuto sulle orecchie, terrorizzata all'idea che quel silenzio venisse infranto di nuovo, che il grido ricominciasse, alto e disperato, percuotendo i suoi nervi come una scossa improvvisa.

CAPITOLO TERZO

Benvenuto sul sito www.desire.com dove potrai soddisfare ogni tuo desiderio! Per entrare nel magico mondo *Desire* clicca qui!

Vuoi fare un regalo, organizzare una cena importante o semplicemente coccolarti con qualcosa che ti piace? Qualunque cosa cerchi, clicca qui e potrai curiosare tra i reparti del nostro fornitissimo Megastore virtuale.

Problemi di salute? Non demoralizzarti: troverai senz'altro il rimedio adatto nella nostra attrezzatissima *Clinica virtuale*. La simpatica infermiera Sister Betty ti guiderà nei nostri reparti aiutandoti a trovare la soluzione su misura. *New*: ricca offerta di organi per trapianti, la piú grande asta virtuale per l'acquisto e la vendita di reni, fegati, cuori ecc. Clicca qui e Sister Betty si prenderà cura di te!

Viaggiatore? Turista? Amante dell'avventura? Non perderti la nostra pagina *Il giro del mondo in 80 clic*! Le piú esotiche destinazioni alla portata del tuo mouse! Sei pronto a partire? Bene: allora metti in valigia lo spazzolino, chiudi il rubinetto del gas e clicca qui.

All you need is sound e tutto quello che puoi desiderare in fatto di musica lo troverai facilmente cliccando qui: il popolare disc jockey Rudy Fox ti metterà a disposizione la sua straordinaria professionalità!

Caro Beethoven, la pagina giusta per chi preferisce la musica classica! Clicca qui, rilassati in poltrona e chiudi gli occhi: le piú grandi orchestre del mondo si esibiranno direttamente a casa tua per regalarti momenti indimenticabili.

Sei in cerca di emozioni speciali? Allora devi assolutamente visitare il nostro *Braccio della morte*! Piú di mille filmati e immagini 3D di esecuzioni capitali, che potrai scaricare direttamente nel tuo computer (accettate le principali carte di credito). Se ami il brivido troverai certamente quello che cerchi cliccando qui! *New*: gioca con noi! Che cosa ha scelto il condannato per la sua ultima cena? Se indovini il menu potrai partecipare all'estrazione di fantastici premi.

Non preoccuparti, cucciolo, abbiamo pensato anche a te! Anzi, *soprattutto* a te, perché i bambini li consideriamo i nostri clienti piú preziosi. Nel *Paese dei balocchi* potrai guardare, scegliere e acquistare i piú bei giocattoli del mondo! Prima però ti consigliamo di fare un salto nel *Fairy Corner*, l'angolino incantato dove la nostra Fairy Queen ti aspetta per raccontarti ogni settimana una nuova, meravigliosa fiaba! Clicca qui e potrai vivere le avventure di Cindy, del cane Fred, dei diabolici micini Pissy e Pussy e di tanti altri simpatici personaggi!

Hai trovato quello che cercavi? Sei incontentabile, oppure il tuo è davvero un desiderio fuori del comune? Anche in questo caso non disperare: il nostro sommario continua alla pagina seguente.

CAPITOLO QUARTO

Come sempre, Sabrina provò una vaga inquietudine mentre rimaneva immobile fissando gli occhi sul dispositivo di identificazione. Le sembrava che tutto diventasse improvvisamente incerto in quei secondi d'attesa, prima che il diffidente guardiano elettronico riconoscesse senza ombra di dubbio la sua iride e ordinasse alla porta di aprirsi per lasciarla entrare. Ma ecco, anche questa volta l'identificazione si era compiuta senza intoppi e lo scatto automatico della serratura venne a confermarle che effettivamente lei era lei; anche questa volta la sua inquietudine si dissipò del tutto non appena le si schiuse davanti lo spazioso, accogliente atrio della Desire con i suoi lunghi divani bianchi, i ficus benjamina che protendevano da ogni angolo rami carichi di foglie e il banco lucidissimo dietro il quale Deborah, la ragazza addetta alla reception e al centralino, le rivolgeva già un distratto sorriso di benvenuto.

– Come va, Sab? Riuscita bene la fiaba?

– Non mi lamento, ma vedremo cosa ne dirà il capo.

– Dovrai aspettare, allora, perché al momento è impegnato in un'intervista.

– Credevo che non concedesse mai interviste.

– Quasi mai. Ma questo è un giornale importante, valeva la pena di fare uno strappo alla regola.

– E sua sorella?

– È con lui, naturalmente, e da brava segretaria sta registrando tutto quello che dicono: sai, nel caso si rendesse necessaria una querela...

– Allora aspetterò qui, se non ti dispiace.

– Come vuoi. Potrebbe essere un'attesa un po' lunga, però: non ti converrebbe rivolgerti alla redazione?

– No, Deborah, questa volta preferirei parlargli personalmente.

– Come vuoi, – ripeté l'altra poco convinta. – Dovrai metterti in coda, temo, perché c'è già il maestro che ha chiesto di parlargli. Gli ho detto di accomodarsi qui, ma siccome è una giornata cosí bella lui ha preferito andare di sopra, nel *roof garden*.

La giornata era davvero bella, una di quelle mattine di inizio settembre in cui la brezza si incarica di disperdere le esalazioni del traffico e di sgombrare il cielo dalle nubi. Perciò, dopo aver scambiato ancora qualche parola con la centralinista, Sabrina salí a sua volta al piano di sopra e varcò la grande porta a vetri per uscire nel giardino ospitato sul tetto. Sulle prime non riuscí a scorgere il maestro: glielo nascondevano le alte sagome delle tuie disposte con sapienza nell'angolo destro in modo da creare l'illusione di un bosco. Ma quando ebbe raggiunto gli alberi lo vide in piedi a pochi passi da lei, i gomiti appoggiati al parapetto, il volto grinzoso leggermente chino verso il basso.

– Buongiorno, maestro.

– Ah, buongiorno, carissima. Che splendido panorama, non è vero? Si ha l'impressione di respirare meglio, quassú.

Sabrina si avvicinò. In effetti era un panorama suggestivo: si provava una sensazione di ebbrezza a dominare dall'alto tutto quel pulsante intrecciarsi di strade e viali, a percorrere con lo sguardo la distesa dei tetti e dei lastrici solari sino al punto in cui la città sembrava non tanto finire, quanto dissolversi nella nebbiolina dell'orizzonte. Sporse un poco la testa (il maestro, allarmato, si affrettò a posarle una mano sul braccio) e vide sotto di sé la vegetazione stentata del parco, gli spiazzi, i vialetti di ghiaia, le panchine sulle quali giacevano rannicchiate le informi figure dei vagabondi. Facevano pena, a pensarci, eppure osservati di quassú erano persino pittoreschi, i loro stracci variopinti punteggiavano il verde come grosse corolle di fiori.

– Può lasciarmi, adesso, – esclamò ridendo, e fece un passo indietro mentre il maestro allentava la presa.

– Mi scusi, ma la prudenza non è mai troppa. Quanto a me, non mi sporgerei cosí per tutto l'oro del mondo. Venga, andiamo a sederci: guardare il mondo dall'alto alla lunga può dare alla testa.

Di comune accordo, senza bisogno di consultarsi, scelsero tra i numerosi tavolini di ferro battuto quello piú vicino alla porta, in modo che chi li avesse cercati potesse vederli immediatamente.

– L'hanno sistemato bene, questo posto, – disse il maestro. – Del resto, alla Desire non mancano certo i mezzi, e ne usano largamente, almeno quando si tratta di spese di rappresentanza.

– Sí, è davvero un privilegio lavorare per loro.

– Be', mia cara, adesso non esageriamo. Quando si è occupato per anni il posto di primo violino in una grande orchestra, non si può considerare un privilegio la collaborazione con la Desire: semmai la si considera un utile ripiego per sopravvivere.

– Eppure la sua celebrità lei la deve a *Caro Beethoven*, piú che al passato di violinista.

Sabrina aveva parlato con durezza. Sentir sminuire l'importanza della Desire la feriva quasi come un'offesa personale, tanto era fiera di quel suo primo lavoro che dall'insignificante condizione di neodiplomata l'aveva innalzata al rango invidiabile di Fairy Queen. Non era famosa, questo no, non certo come il capo che poteva concedere o persino rifiutare interviste ai giornali; nessuno dei collaboratori era famoso a quel punto, e anche a proposito del maestro Sabrina aveva esagerato un bel po' parlando di «celebrità». Ma un suo piccolo pubblico lei se lo era pur conquistato, un pubblico di quei bambini che la Desire considerava dichiaratamente come i suoi clienti piú preziosi, mentre il target cui si rivolgeva *Caro Beethoven* era molto meno appetibile: piú che altro vecchi musicisti in disarmo, e altri pensionati costretti a tirare la cinghia.

– Anche lei deve parlare con il capo? Ha qualche problema? – gli domandò con una punta di cattiveria.

– No, problemi veri e propri non penso di averne. Sono soltanto sfumature, voci raccolte qua e là, piccole preoccupazioni di cui preferirei liberarmi. Ma non ho dubbi che si chiarirà tutto, appena riuscirò a parlare con il capo.

Sorrise, e Sabrina ricambiò il sorriso. Non bisognava volergliene, in fondo, se era un uomo di altri tempi e aveva una concezione un po' distorta delle cose: chissà, forse in passato un'orchestra poteva essere davvero piú importante della Desire, anche se lei personalmente stentava a crederlo. Senza contare che molti, arrivati a una certa età, tendono a vedere in una luce d'oro tutto ciò che è appartenuto alla loro giovinezza.

Come spesso le accadeva di fare quando si trovava con lui, posò lo sguardo sulle sue mani deformate dal tempo e cosparse di chiazze brune, poi lo distolse imbarazzata. Ebbe un sussulto quando sentí avvicinarsi all'improvviso i passi ticchettanti della centralinista. Il maestro invece si limitò a volgere flemmaticamente il viso verso la porta a vetri.

Il ticchettio si arrestò a mezzo metro dal tavolino. – Il capo domanda se avete proprio tanta urgenza di parlargli. L'intervista, sapete, non è ancora finita, e dopo, lui e sua sorella vorrebbero avere il tempo di prepararsi per l'assemblea degli azionisti.

Sabrina si voltò verso il maestro e si accorse che era leggermente impallidito. Poi tornò a sollevare gli occhi su Deborah. – Per quanto mi riguarda non c'è nessuna fretta: si può benissimo rimandare a domani.

– E per lei? – domandò Deborah guardando il maestro con una certa freddezza.

– Sí, naturalmente... Anche per me.

Non avevano piú ragione di rimanere. Quando la centralinista se ne fu andata, si alzarono e si avviarono rassegnati verso la porta a vetri.

CAPITOLO QUINTO

E cosí, nonostante i preziosi consigli del Mago dalla barba bianca, anche questa volta Cindy non era riuscita a vedere il suo principe! Figurati come doveva soffrire il suo piccolo cuore, figurati come doveva sentirsi depressa quella povera ragazzina! Ma essere depressi non porta a nulla, è una pura perdita di tempo, e Cindy lo sapeva benissimo. Perciò, invece di rimuginare sull'incontro mancato, decise di prepararsi al meglio per ritentare la sorte l'indomani.

Per prima cosa si piazzò davanti allo specchio magico e si esaminò da capo a piedi, con occhio critico. Ma c'era poco da criticare: Cindy era proprio una ragazza coi fiocchi, del tipo a cui nessun principe al mondo poteva rimanere insensibile, con quegli occhioni celesti ombreggiati da lunghe ciglia, con quei capelli biondi che le scendevano sulle spalle come onde dorate... Morbidi e setosi erano i suoi capelli, e se vuoi averli cosí anche tu la Fairy Queen ti raccomanda caldamente di lavarli ogni giorno con Babylux (link), lo shampoo per tutte le bellezze dagli zero agli ottant'anni. Non si sa mai, il principe azzurro potrebbe essere dietro l'angolo, e non sarebbe una vergogna farsi vedere da lui con la testa in disordine?

Ma se i capelli sono fondamentali, anche l'abito ha la sua importanza. Per fortuna, grazie alla buona fatina Cindy poteva contare su un intero guardaroba di capi firmati, che ora passò in rassegna uno dopo l'altro. Beata lei, aveva soltanto l'imbarazzo della scelta! Eppure sarebbe stato un imbarazzo piuttosto serio se non le fosse venuta in aiuto *Pretty girl* (link), la miglior rivista di moda per bambine e teen-ager. Consultandola attentamente Cindy scoprí ben presto qual era il piú elegante di quegli elegantissimi vestiti, quali scarpe abbinargli fra le tante, di cristallo e non, che si allineavano sul fondo dell'armadio, e come rendere ancora piú attraente la sua splendida chioma bionda con una pettinatura attualissima, da far crepare d'invidia tutte le dame di corte.

Guarda quanto è carina mentre si prova il vestito davanti allo specchio magico! È un meraviglioso abito azzurro, proprio da principessa, con il corpetto attillato e la gonna che si schiude come la corolla di un fiore. Bella forza, dirai tu: a Cindy sta bene tutto con la linea che si ritrova. Devo ammettere che c'è un fondo di verità, perché con quella linea Cindy, come ricorderai, riusciva a essere molto carina persino quando andava in giro vestita di stracci. E credi che questo le costi qualche sacrificio? Nemmeno per idea! Lei non è certo il tipo da patire la fame: sgranocchia ogni volta che ne ha voglia i biscotti Slim (link), che sono squisiti e non ingrassano perché sono studiati apposta per consentire a bambine e ragazze di mantenersi in forma smagliante senza rinunciare ai piaceri della gola.

Ma intanto, mentre parlavamo, è calata la notte, perciò sarà meglio che abbassiamo la voce. Guarda: Cindy si è sfilata le scarpine di cristallo, ha riappeso per bene tutti i vestiti nell'armadio e si è coricata nel suo lettino. Cullata dal ronfare del cane Fred e dalle fusa dei terribili micini Pissy e Pussy (che adesso, acciambellati ai suoi piedi come due soffici palle di pelo, per la verità non sembrano affatto terribili), Cindy si addormenta quasi subito. Ora sta sognando e, da come sorride, direi proprio che sta sognando l'incontro con il principe. Si realizzerà questo sogno, oppure no? Per saperlo dovrai aspettare la prossima puntata.

CAPITOLO SESTO

L'idea dell'orco-samurai non entusiasmò troppo il capo, e d'altronde nemmeno Sabrina ci teneva particolarmente: era piú che altro un pretesto per poter trascorrere qualche minuto con lui.

Cosí se ne stava lí seduta, nel bell'ufficio accogliente che esibiva le tracce di un lavoro intenso ma ordinato, sforzandosi di nascondere l'emozione e rispondendo con timidi monosillabi ai discorsi del capo. Per lo piú teneva gli occhi fissi sulle proprie ginocchia, dove aveva posato il blocco degli appunti; di tanto in tanto però osava sollevarli verso quelli di lui e incontrarne per un attimo lo sguardo azzurro, invidiabilmente immutabile in qualsiasi circostanza. Era uno sguardo che non esprimeva nulla salvo un'indefinita fermezza, una forza tranquilla, uno sguardo che diceva: «Affidati a me, e non avrai problemi». La ragazza non chiedeva di meglio: avrebbe sacrificato un intero esercito di samurai per il piacere di rimettersi a quell'uomo che sapeva sempre con sicurezza infallibile cosa era giusto fare, come bisognava regolarsi per sfruttare la corrente favorevole degli avvenimenti. Ma soprattutto, per forma e colore gli occhi del capo somigliavano in modo impressionante a quelli del fratello di Sabrina; una somiglianza che lei aveva notato subito, sin da quando se li era trovati di fronte la prima volta durante il colloquio d'assunzione, e che secondo il suo animo romantico stabiliva tra loro due una specie di parentela. Forse per questo, pensava qualche volta, il capo aveva scelto proprio lei fra le tante ragazze che aspiravano a quel posto.

– Non che sia una cattiva idea, Sab, ma per il momento ti consiglio di accantonarla. Concentrati su Cindy, piuttosto: i nostri sondaggi dicono che le ragazzine ne vanno pazze. A proposito, sai che abbiamo conquistato tre nuovi sponsor? Sono molto soddisfatto, la Desire è molto soddisfatta. Magari potessi dire lo stesso per tutti i settori...

– Qualche problema?

– Niente di grave, Sab, i problemi esistono appunto per essere risolti. L'assemblea degli azionisti, ieri, è servita anche a me per chiarirmi le idee. A quanto è emerso, ci sono alcune pagine poco frequentate che sarà bene ridimensionare: *Caro Beethoven*, per esempio...

– *Caro Beethoven*? Il maestro ne sarà dispiaciuto.

– Non posso farci niente, Sab, è nell'ordine delle cose.

Era questa una delle espressioni favorite del capo, che la usava sempre come argomento decisivo. «L'ordine delle cose» rappresentava la suprema autorità alla quale lui stesso doveva inchinarsi, l'unica che fosse disposto a riconoscere, e alla Desire tutti condividevano questa visione. Era, come a volte diceva il capo, «la filosofia dell'azienda», ribadita con solennità a ogni assemblea degli azionisti.

– Il nostro compito non è correggere i gusti del pubblico, ma seguirli. È un principio fondamentale, lo spiegavo giusto ieri a quel giornalista che mi aveva fatto certe domande idiote sulle immagini delle esecuzioni capitali... Come se personalmente non fossi contrario anch'io alla pena di morte: l'ho già dichiarato cento volte, sono persino stufo di ripeterlo. Ma se quelle immagini esistono, perché non mostrarle? La gente vuole sapere, essere informata, vuole soprattutto *vedere*... Ed è nel suo pieno diritto, non ti sembra?

– Certamente. Senza contare che quelle immagini potrebbero anche avere un valore educativo.

– Perché no? – replicò il capo con scarso entusiasmo. – Se ce l'hanno, tanto di guadagnato. Ma tornando a *Caro Beethoven*, bada che non sto affatto parlando di abolirlo. Fino a quando gli appassionati di musica classica saranno in numero abbastanza consistente, troveranno sul nostro sito di che soddisfare questa passione. Semplicemente, il maestro dovrà contenere la sua verbosità, scrivere testi piú brevi e magari un tantino piú semplici. Ti sembra una pretesa eccessiva?

– Niente affatto, lei ha tutte le ragioni. Solo che a quell'età non dev'essere facile cambiare.

– Lo dici a me? È un problema che conosco fin troppo bene, ho sempre avuto grosse gatte da pelare con i dipendenti anziani.

Le rivolse un sorriso di complicità, come per dire: «Tra giovani ci si intende» e Sabrina rispose a quel sorriso.

– Sai a quanto ammontano in media i consumi mensili di una delle tue teen-ager rispetto a quelli di un pensionato con il pallino di Beethoven? Prova un po' ad azzardare una cifra.

Sabrina stava per azzardarla quando la porta si aprí. Prima ancora di voltarsi seppe che si trattava di Lavinia, la sorella del capo e l'unica persona al mondo alla quale fosse permesso di entrare in quell'ufficio senza bussare. – Disturbo? – disse comunque vedendo Sabrina, e questa le fu grata di averlo detto. La domanda infatti presupponeva, o fingeva cortesemente di presupporre, che tra lei e il capo potesse svolgersi un colloquio privato. In fondo costava cosí poco essere gentili, eppure molti non ci provavano nemmeno, mentre Lavinia ci riusciva sempre alla perfezione e senza tradire il minimo sforzo. Era quella che sua nonna avrebbe definito «una vera signora»: riservata, però, fredda come il ghiaccio.

– No, Lavinia, figurati, non disturbi affatto, – disse il capo, e sua sorella avanzò fino alla scrivania sulla quale depose con gesto annoiato un grosso mazzo di fiori.

– Che roba è?

– Non lo vedi? Una conseguenza inevitabile dell'assemblea degli azionisti: i poveretti vogliono sdebitarsi, e non trovano di meglio che mandare un mazzo di fiori alla sorella del presidente.

– Vittime del tuo fascino, suppongo.

Sabrina ormai non staccava piú gli occhi dal blocco per gli appunti, non voleva aver l'aria di interessarsi a una conversazione che non la riguardava. In cuor suo, tuttavia, pensò che il capo aveva come sempre ragione, perché Lavinia era davvero una donna affascinante. Non bella, forse, e nemmeno giovanissima, con un certo tratto mascolino che si era manifestato anche adesso, nel disprezzo per quei magnifici fiori. Un dono del genere probabilmente avrebbe fatto la felicità di qualunque ragazza, di sicuro avrebbe fatto la sua, ma la signora sembrava sempre un po' nauseata dalla profusione di cose belle che la circondava, dalle attenzioni che le venivano dedicate. Sembrava che i suoi privilegi l'avessero stancata a tal punto da renderla del tutto incapace di apprezzarli e Sabrina, ogni volta che ci pensava, si convinceva che l'animo umano è davvero capace delle piú grandi stranezze.

– Posso offrirli a lei, Sabrina? – disse l'altra come se le avesse letto nel pensiero. – Io i fiori non li sopporto, mi danno il mal di testa.

Sabrina guardò il capo, poi di nuovo la sorella. – Se davvero non vuole tenerli...

– No, cara, glielo assicuro. Mi farebbe un gran piacere se li accettasse.

Era un ordine, e Sabrina obbedí di buon grado. Ringraziò, si alzò e prendendo il mazzo di fiori lanciò un'occhiata di riconoscenza prima a Lavinia, poi al capo, che sforzandosi un po' riusciva a considerare coautore di quel dono.

– Bene, se non c'è altro toglierei il disturbo.

– Arrivederci, cara, e buon lavoro.

Richiuse adagio la porta dell'ufficio e solo allora poté guardare davvero il mazzo di fiori: erano rose bianche dal lungo stelo, circondate da una nuvola di capelvenere.

CAPITOLO SETTIMO

Qualche sera dopo, nel cortile di casa sua, Sabrina passava in rassegna con aria perplessa i bidoni per la raccolta differenziata. In mano teneva le rose bianche ormai appassite e si domandava dove mai avrebbe dovuto gettarle. Su un bidone era scritto *Vetro*, sull'altro *Plastica*, su un terzo *Carta*, e nei bidoni senza scritta stavano ammassati sacchi di comune spazzatura, tra i quali le sarebbe parso un sacrilegio seppellire quelle che continuava a definire in cuor suo «le rose del capo».

Mentre cercava di prendere questa difficile decisione, un ragazzo lungo e magro si avvicinò a sua volta ai bidoni dell'immondizia e vi gettò con disinvoltura i propri sacchi. A Sabrina sembrò di non averlo mai visto, doveva essersi trasferito da poco nello stabile. Lo guardò di nuovo, con la coda dell'occhio, e si accorse che anche lui la stava osservando.

– Qualche problema? – disse infine il ragazzo facendo un passo verso di lei. – Posso esserti d'aiuto?

– Sí, forse sí: non so dove buttare i fiori.

– I fiori? Ma i fiori non si buttano, sono troppo belli per meritare una fine simile.

Sabrina sorrise. La risposta le era piaciuta, le sembrava indicare una certa sensibilità, e anche il volto del ragazzo era piuttosto simpatico, con quell'espressione mite e un po' impacciata, con quegli occhialini rotondi dalla montatura sottilissima sopra un naso punteggiato di lentiggini. – E quando sono appassiti? – domandò.

– Li si infila tra le pagine dei libri e li si lascia seccare.

– Non è una cattiva idea. Ma solo le corolle, perché gli steli rovinerebbero la carta con le loro spine. Il guaio è che di libri ne ho pochissimi: i manuali del liceo, certe vecchie raccolte di fiabe, ancora della nonna... Chissà, forse potrei infilare qualche rosa tra le pagine dell'elenco telefonico...

– Oppure potresti regalarmene un po'. Io di libri ne ho parecchi, quasi una cinquantina, quindi non mi sarebbe difficile trovare dove sistemarle.

Sabrina era stupita. – Una cinquantina, hai detto? Devi proprio avere l'hobby della lettura, a meno che tu non faccia qualche lavoro strano.

– No, nessun lavoro. Sono studente, al primo anno fuori corso.

– Davvero? Be', non devi scoraggiarti, prima o poi ti capiterà un'occasione. Figurati che anch'io ho trovato lavoro soltanto l'inverno scorso, e per pura coincidenza.

Quel ragazzo doveva avere pochi anni piú di lei, eppure aveva un'aria cosí infantile, a dispetto degli occhiali con la loro fredda montatura metallica, un'aria spaurita, disarmata, che le faceva tenerezza. «D'altronde, – pensò, – è sempre cosí, i maschi maturano piú tardi delle femmine, e per giunta lui è ancora studente, non ha mai affrontato la vita vera».

– Prendile pure tutte, a me non servono, – disse tentando di imitare il tono annoiato di Lavinia.

– Facciamo a metà, invece.

– Non si può, sono in numero dispari. Le rose si regalano sempre in numero dispari.

– Sul serio? Me ne ricorderò, se mai dovrò regalare dei fiori a una ragazza. E quante sono, esattamente?

– Tredici. Un numero che porta disgrazia, – aggiunse, colpita per la prima volta da quella considerazione.

– Allora potremmo buttarne via una e dividerci le altre: sei a te e sei a me. Ti aiuterò io a sistemarle tra le pagine dei tuoi libri, o dell'elenco telefonico, se preferisci.

«Come corre, – pensò Sabrina con un'ombra di compiacimento. – Ci parliamo per cinque minuti davanti ai bidoni della spazzatura, ed eccolo che già si invita a casa mia. Forse c'è della stoffa in lui, forse combinerà qualcosa di buono quando smetterà di studiare. Che cosa studia, a proposito? È strano che non l'abbia detto». Ma non glielo domandò, non volendo mostrarsi troppo interessata a lui.

– Grazie, – disse invece, – credo di sapermela cavare da sola.

– Come vuoi. In caso di bisogno, però, sai dove trovarmi.

– No che non lo so. Almeno, non di preciso.

– Hai ragione, è sempre meglio essere precisi. Abito al quinto piano della scala A.

– Curioso: io abito al terzo della scala B, – osservò Sabrina, ma in effetti non avrebbe saputo spiegare cosa ci fosse di curioso in quella circostanza. Se ne accorse, e per nascondere la sua confusione aggiunse: – Al quinto piano, che bello! Allora potrai vedere il cielo, da casa tua.

– Sí, riesco a vederne un pezzetto, se allungo il collo.

– Fantastico.

– Già, fantastico.

– Dove lavoro io abbiamo un *roof garden* enorme e il cielo si vede proprio tutto intero, fino all'orizzonte.

– Sei una ragazza fortunata, – commentò lui piegando al sorriso solo un angolo delle labbra.

– Molto fortunata. Credo di meritarmelo, del resto.

– Non ne dubito.

«Strano, – pensò Sabrina, – che adesso non mi domandi dove lavoro. Forse anche lui non vuole mostrare troppo interesse, e poi è un timido, basta guardarlo per capire che è un timido. Comunque non sarò io a dirglielo, non voglio certo pavoneggiarmi davanti a un estraneo». E si sentí come una regina in incognito, preoccupata di non mortificare con la rivelazione della propria identità un umile viaggiatore incontrato per caso a una stazione di posta.

– Che ne dici, dividiamo le rose? – disse lo studente.

– Sei a te, sei a me e la tredicesima nel bidone?

– Mi sembra la soluzione piú giusta.

Con cautela, per non pungersi le dita, Sabrina sfilò sei rose dal mazzo porgendole man mano al ragazzo; poi ne sfilò una settima e dopo un attimo di esitazione la gettò tra i rifiuti generici. – Peccato, però. Bene, si è fatto tardi, devo tornare di sopra.

– Grazie delle rose, Sabrina: da parte mia e anche da parte del bidone.

– Non c'è di che. Ma come sai che mi chiamo Sabrina?

– Se permetti ho i miei metodi, e preferisco tenerli per me.

Lei lo fissò. – Ti guardi intorno, a quanto sembra.

– Mi piace sapere chi sono i miei vicini. Ci trovi qualcosa di male?

– No, niente di male. Io però sono piú discreta, non so il tuo nome e non te l'ho nemmeno chiesto.

– E hai fatto bene, perché non te l'avrei detto. Comunque, se cerchi di me sali al quinto piano della scala A e suona il campanello dove c'è scritto *M*.

CAPITOLO OTTAVO

I giorni passavano, ma Cindy non si stancava di contemplare lo splendido mazzo di fiori che il principe le aveva donato. Quei fiori non appassivano mai, perché erano fatati, e facevano bella mostra di sé in un vaso che aveva sistemato al centro della sala, proprio di fronte alla sua poltrona preferita. Ce n'erano di bianchi e di rossi, di gialli e di azzurri, e appartenevano alle specie piú rare, ma lei riusciva a riconoscerli senza esitazioni grazie al dvd *Il meraviglioso mondo delle piante* (link), la guida ideale per tutti, dai giardinieri esperti ai semplici appassionati.

Anche oggi, appena alzata, stava per cambiare l'acqua ai suoi fiori, quando vide muoversi qualcosa tra i petali: era un minuscolo ranocchio verde smeraldo, che scorgendola venne allo scoperto e le balzò allegramente sul palmo della mano.

– Ciao! – disse fissandola con i suoi timidi occhioni sporgenti. – Scusa se ti ho spaventata.

– Non mi hai spaventata per niente, – ribatté Cindy, che amava tutti gli animali, ranocchi compresi, ed era sempre felice di ospitarne qualcuno in casa sua. – Ma da dove sei spuntato?

– Sai, io abito qui vicino, nello stagno dietro la casa. Stamattina, mentre facevo la mia solita passeggiata, ho visto attraverso la finestra questi bellissimi fiori e non ho saputo resistere alla tentazione.

– Non mangerai i fiori, voglio sperare!

– No, ci mancherebbe altro! Sono venuto soltanto per ammirarli, per sentire il profumo. Hanno un profumo buono quasi come il tuo, che se non sbaglio è Beauty (link), l'inebriante *parfum déodorant* all'essenza di sandalo. Ma ora che mi hai scoperto non voglio disturbarti: me ne torno subito a sguazzare nello stagno.

Poverino, si vergognava della sua bruttezza, e Cindy ne provò compassione. Gli faceva davvero pena con quell'aria goffa e impacciata, con quella pelle piena di bitorzoli, con quegli occhi timidi e acquosi che sembravano guardare il mondo attraverso uno spesso paio di lenti. – No, caro ranocchio, non andartene cosí presto! Perché non resti almeno a colazione? Posso offrirti una squisita merenda Slurp (link), il modo piú sano e goloso per iniziare la giornata!

– Grazie, allora mi fermo senz'altro: una merenda Slurp (link) non si rifiuta mai.

E cosí Cindy e il ranocchio fecero colazione insieme, lei seduta a un lato del tavolo, lui appollaiato sul lato opposto, le zampine di dietro aggrappate al bordo e quelle davanti che si sollevavano freneticamente per portare alla bocca una dopo l'altra le briciole della merenda che Cindy gli forniva in gran quantità.

– Slurp, slurp! È proprio il caso di dirlo! – fece il ranocchio con aria beata. – Da te, Cindy, si mangia davvero bene.

– Grazie, ma come sai il mio nome?

– Noi ranocchi sappiamo molte cose, – rispose lui in tono di mistero. – E poi ho le mie conoscenze, certi insettini alati che frequentano da un pezzo questa casa, anche se tu non te ne accorgi. Il mio nome però non posso dirtelo, chiamami semplicemente Mr. Frog.

Cindy era un po' sconcertata. Quel ranocchio le sembrava un tipo talmente insignificante che proprio non capiva perché dovesse fare tanti misteri sul suo nome. Si dà un sacco di arie, pensò. A meno che non ci fosse sotto qualcosa, magari l'incantesimo di una fata cattiva: aveva sentito parlare abbastanza spesso di principi trasformati in ranocchi da una di queste fate e poi ritrasformati in principi dal bacio di una bella fanciulla. Mr. Frog poteva essere uno di loro.

Cindy però non aveva nessuna voglia di baciarlo e di principi le bastava il suo, che non avrebbe cambiato con nessun altro al mondo. Senza contare che la storia dell'incantesimo le sembrava così poco credibile! Un principe, anche trasformato in ranocchio, mantiene sempre modi principeschi, mentre quel Mr. Frog si muoveva sulla tavola con l'aria imbranata di chi ha sempre frequentato soltanto gli stagni e non ha mai messo piede in vita sua non dico in una reggia, ma nemmeno in una casa decente. Eppure continuava a farle pena, anzi, forse ora gliene faceva ancora di piú perché era soltanto un povero ranocchio che nessun bacio poteva trasformare in principe.

– Grazie, Cindy, è stata davvero una colazione squisita. Tornerò a trovarti prestissimo!

E balzò giú dalla tavola, e si avviò saltellando verso il suo stagno.

CAPITOLO NONO

Nel suo monolocale al quinto piano, abbastanza in alto perché allungando il collo si possa vedere un pezzetto di cielo e perché gli odori della friggitoria si disperdano quasi completamente prima di raggiungerlo, M. ha appena avviato il computer e aspetta di veder comparire sullo schermo quell'altro, piú limpido cielo, disseminato di candide nuvolette, che fa da sfondo alle icone. Mentre l'immagine prende forma, il ragazzo tiene gli occhi puntati sullo schermo con una sorta di rigida concentrazione, come se a un tratto non esistesse piú nulla fuori di quel rettangolo illuminato, non la stanza, non i mobili forniti dal padrone di casa con parsimonia e spregio del superfluo, non i cinquanta libri disposti in schiere compatte sullo scaffale di fronte, e neppure le rose di Sabrina, abbandonate sul tavolino basso accanto al divano, che ancora attendono di essere infilate tra le pagine per potersi seccare comodamente e senza il rischio di perdere i petali.

Dopo aver lanciato il programma batte sulla tastiera: *www.desire.com* e assiste alla lenta apertura della pagina. Uno dopo l'altro i settori dello schermo si colorano, si affollano di scritte e di figure: ecco apparire in alto a destra l'ingresso della *Clinica*, con Sister Betty, una donnina tutta curve in un corto camice bianco, pronta ad accogliere i pazienti sulla soglia; ecco a sinistra la cupa mappa del *Braccio della morte*, su uno sfondo nero, sormontata da un teschio ghignante con due tibie incrociate. M. fa scorrere il puntatore del mouse sulle varie celle, ciascuna delle quali, quando è il suo turno, gli fornisce tutte le informazioni che si possono desiderare circa il nome, l'età e il sesso del condannato, la pena che gli viene inflitta, le caratteristiche tecniche del filmato o dell'immagine; ma lui non ne sceglie nessuna, continua a far scivolare il puntatore da un capo all'altro dello schermo; oltrepassa il *Tempio*, il *Megastore*, e raggiunge un boschetto tutto circondato da un intermittente pulviscolo luminoso. *Fairy Corner*, è scritto in caratteri d'oro sotto il boschetto, e M. finalmente si ferma, sistema il puntatore al centro dell'immagine e quando lo vede trasformarsi in una manina bianca preme il tasto sinistro del mouse.

Ora il bosco invade tutta la pagina con i tronchi pittorescamente contorti dei suoi alberi che traspaiono sotto il testo come in filigrana, con le sue fronde intrecciate tutt'intorno in una verdeggiante cornice. Animaletti bizzarri corrono qua e là, cosí veloci che l'occhio non riesce quasi a coglierne l'aspetto preciso, gnomi e folletti fanno capolino tra le righe per poi sparire immediatamente e ricomparire dopo un attimo da tutt'altra parte, e in un angolo, su un vecchio ceppo nodoso, siede la Fairy Queen attorniata da uccellini cinguettanti, avvolta dai suoi capelli biondi come da un lungo e soffice velo.

La fiaba della settimana campeggia al centro della pagina in finti caratteri gotici, e M. ne legge qualche riga: *I giorni passavano, ma Cindy non si stancava di contemplare lo splendido mazzo di fiori che il principe le aveva donato...* Fa scorrere rapidamente la pagina verso il basso: *Slurp, slurp! È proprio il caso di dirlo!* La fa scorrere ancora sino in fondo, legge: *e si avviò saltellando verso il suo stagno*, e vede che davvero un minuscolo ranocchio saltella da una lettera all'altra fissandolo con gli occhi sporgenti.

In quel momento sente suonare il campanello. Allora, dopo aver spento con un gesto brusco lo schermo del computer, si precipita verso il tavolino, afferra le rose e corre a nasconderle nell'angolo di cottura; poi va alla porta, ma attraverso lo spioncino scorge soltanto un uomo con una divisa blu sulla quale è stampata ben visibile la sigla dell'azienda per la fornitura dell'energia elettrica.

Quando M. gli apre la porta, l'uomo dichiara di essere venuto a guardare il contatore. Lui glielo mostra. L'uomo scrive rapidamente le sue annotazioni, quindi si congeda. Rimasto solo, M. torna davanti al computer e riaccende lo schermo. Il ranocchio continua a saltellare da una lettera all'altra fissando su di lui i grandi occhi perplessi.

CAPITOLO DECIMO

– Che strana combinazione incontrarsi qui: evidentemente abbiamo gli stessi orari, almeno per andare in centro.

– Io non ho orari, oggi ci siamo incontrati per puro caso.

– Caso o combinazione... se c'è una differenza, devi spiegarmela tu.

Sabrina era lieta di avere un compagno con cui condividere il tragitto. Non si era accorta subito della sua presenza, solo dopo un po' che aspettava si era guardata intorno per alleviare la noia e aveva scorto M. a qualche passo di distanza, appoggiato a un pilastro; non guardava nella sua direzione, ma verso la buia galleria dalla quale sarebbe dovuto emergere il convoglio della metropolitana, ed era stata lei ad avvicinarsi e a richiamare la sua attenzione posandogli una mano sul braccio.

– Mi chiedi troppo, Sabrina: in fondo sono soltanto uno studente fuori corso.

– Allora ne riparleremo quando sarai laureato. Comunque, caso o combinazione che sia, spero si ripeta spesso: sapessi come mi annoio a prendere il metrò da sola...

Aveva esagerato? Si era mostrata troppo ansiosa di fare amicizia? Evidentemente no, perché M. stava rispondendo che anche lui, quando andava in centro, preferiva avere compagnia, e che avrebbero potuto mettersi d'accordo in modo da non affidarsi piú al caso o alla combinazione.

– Ma neanch'io, sai, ci vado tutti i giorni, – chiarí Sabrina per ridimensionare la portata di quell'impegno. – Solo un paio di volte alla settimana.

– Per me va benissimo.

Che strano ragazzo, che curioso miscuglio di timidezza e intraprendenza... D'altra parte era stata lei a dargli corda, e ora non poteva lamentarsi.

Il rombo del treno che si avvicinava la strappò alle sue riflessioni. M. la seguí sulla vettura affollata e la fece sedere, rimanendo in piedi di fronte a lei. Era davvero molto alto, eppure dava un'impressione di fragilità: forse per la magrezza, o per quegli occhi che guardavano come spaesati attraverso le lenti. Chinava spesso lo sguardo su di lei e le sorrideva, ma non diceva nulla, e anche Sabrina rimase in silenzio. Il frastuono, del resto, avrebbe reso impossibile qualsiasi conversazione.

Scesero insieme alla fermata di Sabrina. La Desire non era lontana, solo a qualche centinaio di metri di distanza, oltre la vasta chiazza del parco che stendeva il suo verde ingrigito tra i palazzi occupati da negozi e da uffici. M. insisté per accompagnarla. Camminava a passi cosí lunghi che senza volerlo la precedeva continuamente, come se fosse lui ad aver fretta di arrivare, e ogni volta doveva fermarsi per consentirle di raggiungerlo; ma lei sopportava con pazienza questo inconveniente, tanto la rassicurava l'idea di non dover affrontare da sola quel cammino malsicuro.

– È un bel nome Sabrina, – disse M. mentre attraversavano il parco. – Non conosco nessun'altra ragazza che si chiami cosí.

– Lo credo bene: è un nome talmente antiquato... Una trovata di mia nonna che ha voluto chiamarmi come la protagonista del suo film preferito, sai, uno di quei vecchi film in bianco e nero...

– Tua nonna? Ti ha cresciuta lei?

– In pratica sí. I miei genitori sono morti quando ero piccola, e anche prima si occupavano pochissimo di me. Avevano troppo da fare, li vedevo soltanto nei weekend. Con la nonna però mi divertivo un mondo, le volevo bene, anzi, l'adoravo; l'unica cosa che non le ho mai perdonato è proprio di avermi affibbiato questo nome. Diceva, è vero, che porta fortuna, che le Sabrine si fanno sempre largo nella vita...

Mentre pronunciava queste parole le sembrò di risentirle dalla voce della nonna, cosí tenera quando le si rivolgeva. Spesso aveva pensato che la fatina alla quale si doveva la trasformazione di Cindy da piccola stracciona in elegantissima aspirante alla mano del principe fosse esattamente come lei, una rubiconda signora dai capelli bianchi animata di un'incrollabile dolcezza e di una fiducia altrettanto incrollabile nelle possibilità di successo della sua protetta.

– E tu? – domandò senza sapere di preciso a cosa si riferisse, solo per scacciare dalla mente quel triste ricordo.

– Io? Credo che non mi farò mai largo nella vita. Almeno, non nel senso che intendeva tua nonna.

A quell'ora non c'era nessuno nel parco, salvo i soliti vagabondi appisolati sulle panchine e qualcuno di quei bambini randagi dall'aria sudicia che si aggirano per il centro chiedendo l'elemosina. Uno di loro si avvicinò alla coppia con la mano tesa, ma M. allungò il passo scuotendo cupamente la testa e quello se ne andò per la sua strada.

– Hai ragione, non se ne può piú, – disse Sabrina. – Fanno anche pena, poveretti, ma sono troppi, è diventata una vera e propria persecuzione.

M. non rispose. Stava seguendo con lo sguardo il bambino cencioso che si allontanava e di nuovo, per richiamare la sua attenzione, Sabrina dovette posargli la mano sul braccio.

– Però è bello il parco, quando c'è poca gente.

– Bellissimo, – rispose lui.

Erano quasi arrivati: oltre il fogliame polveroso degli ultimi alberi si intravedeva già l'alto edificio sormontato dal *roof garden*.

– Eccoci, – disse Sabrina indicandoglielo con orgoglio. – La Desire è lassú, all'ultimo piano.

Si rese conto di averla nominata per la prima volta davanti a M., ma lui non si mostrò affatto stupito.

– Ti accompagno fino al portone, – disse semplicemente.

– Se ti è di strada...

– Sí, mi è di strada.

Sabrina lo osservava di nascosto: l'espressione cupa e scontenta non si era cancellata dal suo volto nemmeno alla vista di quello smagliante edificio dalle ampie vetrate. Quando furono davanti al portone, però, M. le sorrise, piegando soltanto un angolo delle labbra, e domandò: – A che ora devo venire a prenderti?

CAPITOLO UNDICESIMO

Una volta al mese tutti i collaboratori della Desire si riunivano nella sala delle assemblee, dove occupavano le prime tre file di poltroncine. Di fronte a loro stava il tavolo della presidenza, con microfoni e secchielli di plastica per tenere in fresco l'acqua minerale, e dietro il tavolo, sulla parete di fondo della sala, campeggiava un gigantesco cartello con scritto in caratteri rosa: *IO PENSO OTTIMISTA*, un principio al quale nessuno si era mai sognato di venir meno durante i brevi interventi che erano consentiti dopo la relazione del capo.

Partecipando alla prima riunione dopo la pausa estiva, Sabrina si era seduta in prima fila, accanto al maestro. Da quella posizione, se avesse trovato il coraggio di farlo, avrebbe potuto fissare il capo dritto negli occhi per cercarvi un accenno di sguardo fraterno; ma l'aveva scelta anche per compassione verso il maestro, che in occasioni del genere se ne stava sempre in disparte senza riuscire a socializzare con i colleghi. Anche oggi l'aveva visto cosí, già seduto, mentre gli altri indugiavano in fondo alla sala chiacchierando in piccoli gruppi che si scioglievano e si ricomponevano di continuo. Teneva gli occhi inchiodati sul cartello con la scritta *IO PENSO OTTIMISTA*, ma sentendo avvicinarsi Sabrina si era subito voltato verso di lei e l'aveva accolta con un sorriso riconoscente.

– Carissima, – le aveva detto, – la sua presenza trasforma in un piacere persino queste inutili cerimonie mensili, – e lei era rimasta male a sentir definire quelle assemblee in termini cosí sprezzanti. «Se almeno abbassasse la voce, – pensò lanciando un'occhiata ostile alla mano del maestro che, appoggiata sul bracciolo accanto a lei, esibiva con particolare spudoratezza le sue macchie brune. – Per forza poi non riesce a legare con nessuno, per forza è solo come un cane...»

– Come sarebbe, inutili? A lei non interessa conoscere le indicazioni del capo?

– Al contrario, mi interesserebbe moltissimo: appunto per questo sto chiedendogli da settimane la grazia di un colloquio. Ma da queste riunioni plenarie non si arriva mai a cavare niente di preciso, servono piú che altro a tenere alto il morale della truppa, o a risollevarlo.

Se c'era un morale che aveva urgente bisogno di essere risollevato, rifletté Sabrina, era proprio quello del maestro. Peccato che le relazioni del capo, cosí tonificanti per chiunque fosse in grado di apprezzarle, a lui strappassero tutt'al piú qualche educato sbadiglio.

Stava per replicare, quando intorno a loro il brusio delle conversazioni si interruppe di colpo lasciando il posto a un silenzio reverente: il capo aveva fatto la sua comparsa nella sala, scortato dalla sorella, che come sempre gli sedette alla destra al tavolo della presidenza. E da quell'istante, per Sabrina il maestro cessò di esistere, come la sala che li circondava, come gli altri colleghi assiepati con lei nelle prime tre file di poltroncine. Se mai l'espressione «essere tutto orecchi» ha potuto valere davvero per qualcuno, quel qualcuno era Sabrina mentre il capo teneva la sua relazione. Affascinata, sedotta, addirittura travolta, si abbandonava a quell'agile e impetuosa corrente di parole, quasi tutte piacevolmente familiari perché si ripetevano da un mese all'altro con minime variazioni: – Una politica piú aggressiva... nuove fette di mercato... gioco di squadra... è nell'ordine delle cose... – Come era vero tutto questo, come le sembrava incontestabile, eppure nessuno salvo il capo avrebbe saputo esprimere cosí bene quelle verità: gli veniva naturale quasi quanto respirare, e solo di rado egli gettava un rapido sguardo ai fogli degli appunti, non perché ne avesse effettivamente bisogno, ma per puro scrupolo, per trovarvi la conferma di un dato o di una cifra che aveva già citato senza il minimo errore grazie alla sua memoria prodigiosa. Di solito i limpidi occhi azzurri si posavano sugli ascoltatori, ora sull'uno ora sull'altro, a volte anche su Sabrina ma non particolarmente su di lei, come la ragazza doveva riconoscere con rammarico. Comunque era contenta lo stesso, anzi, felice. – Tagliare i rami secchi... liberarsi della zavorra... grandi soddisfazioni per i nostri azionisti... è nell'ordine delle cose... – queste frasi la cullavano con la dolce violenza di una musica, tanto piú trascinanti quanto piú vago era il loro significato.

Quando la relazione terminò, le occorse qualche istante per tornare su questa terra e dare il suo contributo al coro degli applausi. Si voltò verso il maestro e vide che applaudiva anche lui.

– Be', che gliene pare? – gli disse in tono di trionfo. – Altro che inutili cerimonie!

– Staremo a vedere.

Si alzarono insieme per unirsi alla folla di collaboratori che ora si ammassava sgomitando intorno al tavolo della presidenza: va bene l'applauso, ma congratularsi personalmente con il capo era un privilegio al quale nessuno di loro sarebbe stato disposto a rinunciare.

La mano di Sabrina tremava quando infine riuscí a tenderla verso il capo. – Complimenti, davvero un discorso stupendo.

– Grazie, Sab, – disse lui stringendo quella mano spaurita nella solita presa vigorosa. – E in gamba, mi raccomando: ci aspettiamo ancora grandi cose dalla Fairy Queen!

Sabrina arrossí di piacere. Valeva davvero la pena, per soddisfazioni cosí, di spremersi continuamente il cervello davanti alla tastiera del computer. Stava cercando il modo migliore di dirlo, ma il capo era già passato oltre, si era voltato verso il maestro e lo ascoltava aggrottando le sopracciglia.

– *Caro Beethoven*? Non me ne parli! – disse interrompendo con un gesto d'impazienza il piú anziano dei suoi dipendenti. – Le ha lette o non le ha lette, le analisi di rendimento? Eppure gliele ho fatte mandare ieri l'altro per posta elettronica. Le legga, maestro, le legga, altrimenti di cosa discutiamo? Comunque non deve preoccuparsi, in qualche modo faremo: i problemi esistono appunto per essere risolti. Bisogna vivacizzare, caro mio, dare un po' di brio alla pagina, e dato che il brio non è il suo forte vedremo di affiancarle Rudy Fox, il nostro bravissimo disc jockey. D'ora in avanti, sottoponga pure a lui i suoi testi.

Mentre il capo si girava rapidamente per ricevere le congratulazioni di un altro collaboratore, Sabrina vide che il maestro era rimasto immobile, come se ancora stesse ascoltando quella risposta. Poi sembrò che di colpo l'avesse intesa, perché si riscosse, e senza salutare nessuno si avviò verso l'uscita.

CAPITOLO DODICESIMO

Come batteva forte il povero cuoricino di Cindy! Non le pareva vero di trovarsi finalmente tra le braccia del principe, lo sguardo perduto nel suo, volteggiando con lui per il salone delle feste al ritmo di quella musica dolcissima, che la faceva sognare. Indossava lo splendido abito azzurro che ti ho già descritto in una delle puntate precedenti, perfettamente intonato agli occhi del principe, e danzava con tanta grazia da costringere gli altri ballerini a fermarsi per contemplarla ammirati.

Il trucco c'era, naturalmente, e te lo voglio confidare in un orecchio: Cindy ballava cosí bene perché aveva seguito il videocorso Learn Your Rhythm (link), grazie al quale persino un elefante può trasformarsi in una stella della danza in sole dieci lezioni. Figuriamoci lei, che era tutto l'opposto di un elefante!

Era cosí assorta in quella beatitudine che quando la musica finí quasi non se ne accorse, ma se ne accorse il principe e, continuando a tenere per la vita la sua compagna, con la mano libera fece segno all'orchestra di ricominciare.

– Vuoi ballare ancora con me? – mormorò Cindy sorridendo.

– Certo, – rispose lui, – è nell'ordine delle cose. Con chi dovrei ballare se non con te, che sei la piú bella tra tutte le fanciulle invitate alla festa?

E ricominciarono a piroettare sulle note del valzer, mentre le altre ragazze sospiravano deluse e lanciavano a Cindy sguardi carichi d'invidia. Se fossero stati pugnali, quegli sguardi l'avrebbero trapassata da parte a parte senza troppi complimenti, ma

Cindy non se ne curava, impegnata com'era a seguire il ritmo della musica. Era davvero una musica inebriante, eseguita a regola d'arte da un'orchestra di cento topolini bianchi tutti vestiti di elegantissimi frac dalle lunghe code e diretti da un vecchio topo grigio un po' musone che però, sotto sotto, era contento anche lui di vedere il principe ballare con Cindy.

– Che faticaccia! – borbottava il topo. – Questa inutile cerimonia non arriva mai alla fine! Almeno potessi ristorarmi un po' con una bibita analcolica Nectar (link), che ti rimette subito in forma perché è arricchita di vitamina C... Ma pazienza, siamo nati per soffrire, e vale la pena di affrontare qualche sacrificio per far felice la piccola Cindy.

Felice Cindy lo era, indubbiamente: quel valzer, quell'enorme salone ornato di stucchi d'oro dove si erano radunati al completo i vip del reame, e i limpidi occhi azzurri del principe che la fissavano innamorati, dimentichi di tutto, come se al mondo fossero rimasti soltanto loro due... C'era davvero di che farle girare la testa.

Il salone aveva un pavimento talmente lucido che ci si poteva specchiare, e cosí Cindy vedeva sotto di sé una seconda coppia di innamorati che ballavano il valzer a testa in giú, una seconda schiera di damigelle invidiose che confabulavano tra loro senza badare a quella scomoda posizione, mentre l'orchestra sembrava formata non da cento, ma addirittura da duecento topolini bianchi, uno piú simpatico dell'altro con quei baffetti ispidi e il codino rosa che spuntava tra le falde del frac.

– Sto cosí bene, mio principe, che quasi ci vedo doppio dalla gioia!

– Strano: a me succede esattamente la stessa cosa...

Ma in quel momento il grosso orologio a pendolo del salone batté la mezzanotte, che come sai è un'ora critica per tutte le Cindy di questo mondo.

– Devo scappare, – esclamò ricordando le raccomandazioni della buona fatina, – non posso rimanere un minuto di piú!

– Sí che puoi rimanere, – ribatté il principe, e la strinse a sé ancora piú saldamente.

– No che non posso.

– Sí che puoi: quella pendola va indietro, mancano venti minuti alla mezzanotte.

Poteva affermarlo con certezza perché aveva al polso un orologio al quarzo Cronotime (link), cosí preciso che lo adoperano persino nelle missioni spaziali.

Con un sospiro di sollievo Cindy gli appoggiò la testa su una spalla e tornò a sprofondare nel vortice della danza.

CAPITOLO TREDICESIMO

Di nuovo quel grido lacerante, che squassava all'improvviso il silenzio della notte. Questa volta Sabrina si alzò e andò alla finestra; scrutò a lungo il cortile brutalmente illuminato dalle lampade al neon, esaminò l'una dopo l'altra le lunghe, monotone file di imposte chiuse, ma non riuscí a scorgere anima viva. Nella casa dormivano tutti, tranne lei e quell'uomo che dava sfogo, come ogni notte, alla sua invisibile disperazione.

– Se solo la piantasse, – brontolò. – Io devo alzarmi presto domattina –. E dopo aver chiuso i vetri tornò a rannicchiarsi sotto le lenzuola stringendo a sé il gatto di peluche.

Con la finestra chiusa il grido giungeva attutito. Sabrina tentò di concentrarsi su altri pensieri, pensieri lieti, come l'aumento di stipendio che il capo le aveva accordato spontaneamente a partire dal mese prossimo e che lei apprezzava non tanto per il vantaggio materiale, quanto come segno di benevolenza. Peccato che non a tutti toccasse una simile fortuna: al maestro per esempio, Sabrina lo sapeva per certo, lo stipendio l'avevano addirittura ridotto, ed era la seconda volta che accadeva in meno di un anno. «Gli alti e i bassi della vita» pensò, rallegrandosi del fatto che a lei toccassero gli alti e non i bassi, almeno per il momento, e che sulla complicata scala del successo i suoi passi fossero lenti, faticosi, ma incontestabilmente diretti in su.

Eppure quel grido là fuori le richiamava alla mente la figura gracile e un po' curva del maestro, che certo non soffriva a quel modo, però un po' demoralizzato doveva esserlo, soprattutto dopo l'ultima assemblea dei collaboratori. D'altra parte non c'erano dubbi, tanto per cambiare il capo aveva ragione: ci voleva una persona giovane e brillante come Rudy Fox per dare un tocco di vivacità a quella pagina che sapeva di muffa lontano un miglio, e il maestro d'ora in avanti si sarebbe dovuto rassegnare a svolgere un ruolo subordinato in cui le sue idee fuori moda non avessero la possibilità di provocare troppi danni.

Ora il grido era cessato: evidentemente anche quell'uomo aveva finito col cedere alla stanchezza. Sabrina si stiracchiò e si passò una mano lungo il braccio, compiaciuta di sentire la pelle ben tesa, la carne soda e compatta. «Ho ancora parecchi anni davanti a me prima di invecchiare, – pensò, – ho ancora davanti a me tutta una vita, e persino quando sarò vecchia, certamente saprò tenere il passo coi tempi molto meglio del povero maestro. In fin dei conti, è questione di buona volontà».

Sí, glielo confermava l'esperienza: esistevano fior d'eccezioni tra i vecchi (vedi la nonna), come esistevano penose eccezioni tra i giovani. M. per esempio non aveva l'aria di pensare ottimista né di saper destreggiarsi attraverso gli alti e i bassi della vita. C'era qualcosa di rigido in quel ragazzo, qualcosa che lo costringeva ad affrontare il mondo con l'impacciato distacco di uno straniero.

Ormai si vedevano molto spesso. M. si offriva di accompagnarla quando lei doveva andare alla Desire, la passava a prendere, la invitava a mangiare pizze e panini, ipercalorici hamburger e gelati dall'aria decisamente artificiale: inviti che Sabrina, abituata a lasciarsi attrarre dalle insegne sgargianti dei locali per i giovani e a mangiare quello che le propinavano senza farsi troppe domande sugli ingredienti, accettava volentieri, pur continuando a sognare che un giorno o l'altro fosse il capo a chiederle di cenare con lui in un ristorante di lusso.

Qualche volta M. la portava anche al cinema dove le sedeva accanto rispettoso, gli occhi fissi sullo schermo, senza sfiorarle la mano neppure per caso. Una sera, dopo il film, Sabrina salí per la prima volta a bere qualcosa nel suo monolocale al quinto piano e lui prese un libro dallo scaffale per mostrarle la rosa ormai secca che aveva infilato tra le pagine.

– Non credevo che l'avresti fatto davvero, – disse la ragazza. – Credevo fosse soltanto un pretesto.

– Un pretesto per che cosa?

– Per attaccare discorso.

– Io faccio sempre quello che dico. Però hai ragione, quella sera volevo proprio attaccare discorso, e le rose mi hanno offerto un'occasione eccellente.

Sabrina scoppiò a ridere. – Viva la sincerità!

– È sempre meglio essere sinceri, quando si può. Ma cosa ti offro da bere? Purtroppo la scelta è limitata: ho soltanto birra e acqua minerale, a meno che tu non abbia voglia di un whisky.

Sembrava che la presenza di Sabrina nel suo appartamento gli causasse una grande agitazione. «Non è abituato a ricevere, – pensò lei, – forse sono addirittura la prima persona che mette piede qui, nella sua tana».

Per la verità l'immagine della tana si adattava male a quella stanza in cui regnava l'ordine piú meticoloso: non si vedevano capi di vestiario o di biancheria abbandonati qua e là, nessun bicchiere semivuoto o tazzina annerita dal caffè come spesso accade di trovarne nelle case dei ragazzi che vivono da soli; persino i libri evidentemente venivano rimessi ogni volta al loro posto dopo essere stati consultati, perché nelle file ben allineate sullo scaffale non si apriva nessun buco. Sabrina si rese conto quasi subito che l'impressione raggelante suscitata in lei da quella stanza era dovuta all'assenza quasi completa di effetti personali: non una foto, non un soprammobile, non un poster sul muro né un foglio di carta sulla scrivania, insomma, niente che potesse offrire un indizio circa il passato o i gusti di chi ci abitava, e se non fosse stato per i libri le sarebbe parso di trovarsi in una camera d'albergo occupata dall'ospite per un periodo talmente breve da rendere superfluo persino disfare le valigie.

– No, grazie, il whisky proprio non mi va. Berrò un bicchiere d'acqua minerale, ma non gassata, se è possibile.

– Come preferisci.

M. sparí nell'angolo di cottura, che un tramezzo separava dal resto della stanza, e tornò di lí a poco con due bicchieri, uno colmo sino all'orlo di acqua minerale e l'altro riempito per un terzo di un liquido color ambra. «Whisky, – pensò Sabrina. – Evidentemente al ragazzo piace alzare il gomito».

– Raccontami di te, – le disse prendendo posto al suo fianco, ma non troppo vicino, sul divano letto che occupava per intero la parete di fondo della stanza.

– Non sei ancora stufo? Da settimane, ormai, non faccio altro che raccontarti di me.

– Ma è cosí interessante: quei ricordi d'infanzia, quella nonna formidabile, quel caro ragazzo di tuo fratello, scomparso cosí prematuramente... e poi il tuo lavoro, che forse mi affascina piú di tutto il resto...

– Hai ragione, in effetti ci sarebbe ancora molto da dire su questo argomento, e mi rendo conto che per un profano può essere addirittura entusiasmante venire iniziato ai segreti della Desire, sapere cosa succede dietro le quinte. Però, tanto per cambiare, vorrei che parlassimo un po' anche di te.

– Di me? – M. si alzò e andò alla finestra. Guardava verso il cortile, volgendo le spalle alla sua ospite. – Di me non c'è proprio niente da dire. La mia è una vita comune, insignificante.

– Storie: nessuna vita è insignificante, – replicò Sabrina.

– O forse lo sono tutte, – disse M. tornando a voltarsi verso di lei. – Non ti capita mai di pensarlo?

– Che la vita è insignificante?

– Che bisognerebbe fare qualcosa per darle un significato.

– Ah, questo senz'altro: uno che non fa niente, per esempio uno che se ne sta a girarsi i pollici dalla mattina alla sera, secondo me non può considerarsi veramente vivo.

M. sorrise. – Mentre una che scrive fiabe per la Desire...

– Nel mio piccolo, un significato ce l'ho. So perché mi alzo alla mattina e come impiegare il tempo fino all'ora di coricarmi; sono stimata da tutti, dagli altri collaboratori e persino dal capo; alla mia età mi sono già costruita una posizione, modesta, certo, ma destinata indubbiamente a migliorare.

– E tutto questo ti dà sicurezza?

– Una grande sicurezza.

M. tornò a sedersi sul divano, questa volta piú vicino a lei. – Non credere che non ti capisca, Sabrina.

– Certo che no! Perché non dovresti capirmi? È cosí ovvio, cosí naturale...

– Tu invece non mi capisci, a quanto sembra; ma anche questo è naturale. Dimmi, non ti è mai capitato di guardarti intorno sulla metropolitana, o quando attraversi il parco, oppure di affacciarti alla finestra la notte e di vedere intorno a te quelle lunghe file di finestre illuminate, tutte precise identiche alla tua? E allora ti domandi se per caso non sei anche tu precisa identica a quelli che abitano dietro le finestre e ti domandi che senso abbia tutto ciò, questo incredibile, immenso brulicare di esseri umani perfettamente uguali gli uni agli altri...

– Io, se permetti, non mi sento affatto uguale agli altri.

– Nessuno di loro, nessuno di noi si sente uguale agli altri. E proprio qui, vedi, sta il trucco.

– Quale trucco?

– Non lo so, non ci sono ancora arrivato.

Sabrina scosse la testa. – Sei proprio buffo, stasera.

– Sí, mi rendo conto di essere buffo. Ridicolo, forse, dal tuo punto di vista.

– Ridicolo no, questo non lo penso assolutamente. Anch'io, sai, mi guardo intorno, non vado certo in giro con il paraocchi, e vedo gente di tutti i tipi, gente che vince e gente che perde, felici e infelici, e gli infelici mi fanno compassione, ai felici spero di somigliare.

– Complimenti, ti esprimi con molta chiarezza.

– Se non sapessi esprimermi con chiarezza, non sarei arrivata dove sono arrivata. Ma cosa credi, non sei il solo ad avere i suoi momenti di sconforto: anch'io a volte mi affaccio dopo cena e vedo davanti a me quelle lunghe file di finestre illuminate, tutte precise identiche alla mia...

– E cosa pensi?

Per un attimo Sabrina riudí il lungo grido dello sconosciuto che echeggiava ogni notte nel cortile, ma le parve che quel ricordo capitasse a sproposito, e si affrettò a respingerlo. – Che gli infissi hanno un gran bisogno di essere riverniciati, – rispose stringendosi nelle spalle.

Lentamente, M. piegò le labbra in quel suo riluttante sorriso. – Scusami, ho parlato troppo. Ma la colpa è tua, sei stata tu a chiedermi di raccontarti di me.

CAPITOLO QUATTORDICESIMO

Nessuna persona è uguale all'altra, e noi della Desire lo sappiamo bene! Per questo, per venire incontro a tutti i tuoi personalissimi desideri, aggiorniamo e ampliamo costantemente la nostra offerta e oggi siamo in grado di proporti la piú vasta gamma di prodotti e servizi disponibile sul web! Clicca qui se vuoi conoscere le ultime novità.

Hobby: Musica: *All you need is sound* e tutto quello che puoi desiderare in fatto di musica lo troverai cliccando qui: tutti i generi musicali passati, presenti e futuri, dal rock al pop, dal jazz alla classica, piú di cento ore d'ascolto e altrettante pagine di info e shopping on line selezionati per te dal popolare disc jockey Rudy Fox e dalla sua squadra di affiatati collaboratori!

(Classica: *L'angolo di Beethoven*, interamente rinnovato: lirica, sinfonica e cameristica, con la consulenza del maestro Doremí, il melomane piú pazzo del mondo! Per le altre sottocategorie clicca qui.)

Hobby: Eros: Gay, etero, bisex? *Kama&Sutra*, la pagina piú sensuale del web, ti aspetta qui con mille stuzzicanti novità.

Hobby: Guerra: Se ami i *war games* non accontentarti delle solite simulazioni! Navigando sulla nostra nuova pagina *Real Blood* potrai gustare il brivido di un vero combattimento! Scegli il tuo teatro di guerra preferito: Medio Oriente, Africa nera, Balcani... (clicca qui per l'elenco aggiornato delle sottocategorie). La Desire ti offre l'opportunità esclusiva di interagire con i combattenti reali di eserciti reali nelle piú sanguinose battaglie dei nostri giorni! Comodamente da casa tua potrai guidare un caccia o un mezzo da sbarco, bombardare una città o un campo profughi, o se preferisci potrai mettere alla prova il tuo coraggio affrontando le eccitanti incognite della guerriglia...

Hobby: Cucina: le ricette e i consigli di *Zia Melania* ti guideranno passo dopo passo per realizzare alla perfezione qualsiasi piatto. Dalla cena formale alla merenda per i bambini, cliccando qui farai una gran figura in ogni occasione! *New*: Tutti i segreti delle lumache!

CAPITOLO QUINDICESIMO

M. spegne il computer. Raggiunge il divano e compie con mano ormai esperta le operazioni necessarie per trasformarlo in letto, estraendo dal vano contenitore sotto il materasso il pigiama accuratamente piegato e i due guanciali che sistema l'uno sull'altro dalla parte della testa. Si spoglia, indossa il pigiama, va a riporre i vestiti nell'armadio; poi prende un libro dallo scaffale e si corica, il busto sollevato, la testa appoggiata ai cuscini.

Tiene il libro aperto davanti a sé, ma non pare che riesca a concentrarsi nella lettura perché dopo qualche minuto lo posa e torna ad alzarsi. Con aria inquieta comincia a vagare per la stanza, si avvicina alla scrivania e come soprappensiero si arresta davanti allo schermo buio del computer. C'è un foglio di carta sulla scrivania, coperto di una grafia fittissima: sembrano appunti, ma le righe si susseguono in un allineamento perfetto, come se fossero stampate. M. solleva il foglio, lo scorre rapidamente soffermandosi solo per un istante a leggere una frase (*Scegli il tuo teatro di guerra preferito: Medio Oriente, Africa nera, Balcani...*), poi lo accartoccia con un gesto deciso e lo getta nel cestino.

Adesso è davanti alla finestra, spalancata nonostante il clima ormai decisamente autunnale, e guarda fuori, verso il cortile. A lungo rimane cosí, davanti alla finestra, a osservare sul muro di fronte le lunghe file di finestre illuminate. Dal cortile giungono ancora gli schiamazzi dei bambini cinesi, che approfittando della triste luce al neon continuano i soliti giochi violenti (– Scegli il tuo teatro di guerra preferito... – ripete M. a mezza voce piegando al sorriso un angolo della bocca); di tanto in tanto qualche vicino, di solito un pensionato, si affaccia alla finestra o esce sul balcone per gridare loro di fare silenzio, e finalmente sembra che quelle proteste abbiano effetto, perché dalla porta sul retro della friggitoria esce una donna che afferra i bambini per le braccia e li trascina dentro. M. la osserva attentamente: si muove come se danzasse, con una grazia lenta e misurata che fa pensare ai gesti di un antico rituale esotico, ma gli abiti che indossa, simili a quelli dei suoi figli, sono di foggia occidentale, un paio di jeans e una brutta felpa decorata da scritte vistose.

Dopo che la donna si è ritirata il cortile rimane deserto, senza il minimo segno di vita. Tutt'intorno le finestre sono chiuse, e davanti ad alcune si vedono le tapparelle scendere a piccoli scatti. M. guarda di nuovo giú, verso il terzo piano della scala C: anche lí le tapparelle sono abbassate, ma sottili fessure si aprono fra i listelli lasciando trapelare una luce fievole, probabilmente quella di un abat-jour.

M. volge le spalle alla finestra e torna a letto. Prende il libro, ne legge qualche pagina, ma quasi subito lo richiude e spegne la luce. A lungo si rigira tra le lenzuola; come se gli mancasse il fiato, ogni tanto si solleva bruscamente a sedere e respira a fondo, con ansiosa avidità, l'aria pungente della notte; poi si addormenta di un sonno lieve e agitato.

CAPITOLO SEDICESIMO

– Non so cosa farei, Sabrina, se avessi quarant'anni di meno, – disse il maestro scuotendo gravemente la testa. – Alla mia età, che vuole, si è sorretti dalla forza dell'abitudine: si è talmente assuefatti alla vita che si tira avanti in ogni modo. Ma se avessi vent'anni non credo che riuscirei a sopportare un mondo come questo.

– Io ne ho diciotto e lo sopporto benissimo.

– Brava, mi congratulo. Anche i suoi amici la pensano cosí?

– Sí, quasi tutti, – rispose lei dopo una breve esitazione. – Comunque, maestro, lei non deve abbattersi fino a questo punto. In fondo, che cosa è successo? Hanno semplicemente riorganizzato la pagina.

– Già, hanno semplicemente riorganizzato la pagina. Con ogni probabilità, mia cara, lei mi considera un vecchiaccio viziato, incontentabile...

– Niente affatto: solo esageratamente sensibile. E un po' troppo orgoglioso, se permette.

Il maestro sorrise. – Temo che molti, alla Desire, condividano la sua opinione.

– Però la stimano, nonostante tutto. Proprio l'altro giorno sentivo dire dal capo...

Lui la interruppe con un gesto stanco. – Lasci stare, la prego, l'atteggiamento del capo preferisco giudicarlo alla prova dei fatti. Chissà, forse ha ragione lei, forse la situazione non è poi cosí brutta come me la immagino. Aspettiamo di vedere come si sviluppa.

– Ecco, bravo, aspetti a giudicare: vedrà che si troverà benissimo a lavorare con Rudy Fox. È un ragazzo cosí simpatico, cosí alla mano... E pensare che potrebbe darsi un sacco di arie, famoso com'è.

– Lei se ne darebbe, al suo posto?

– Non credo, o almeno non nei primi tempi. Per un po' sarei talmente stordita dalla gioia che non mi passerebbe nemmeno per la testa.

Il maestro le rivolse un lungo sguardo ironico. – Mi rendo conto: stordita dalla gioia. Ovviamente le faccio i miei piú fervidi auguri in tal senso, per quello che valgono.

Tacque per qualche istante, come assorto nell'ascolto della pioggia che batteva sulle vetrate un ritmo sempre piú sostenuto, poi riprese a parlare, a bassa voce. – È molto bello avere delle speranze; io non ne ho piú, ma alla mia età in fondo è naturale. Sí, mia cara, vedo tutto nero, proprio come lei vede tutto rosa. Un po' sarà anche colpa di questo cielo buio, di questa pioggia continua... L'autunno non è certo la stagione ideale per i malinconici.

– È vero, le giornate sono troppo corte. Ho letto che la mancanza di luce è responsabile di molte crisi depressive. Ma bisogna reagire, tenersi su. Guardi il capo: lui è sempre allegro, in autunno come in primavera.

– Sí, lui è sempre spaventosamente allegro. Pensa sempre ottimista, fedele al motto dell'azienda.

– È una lezione che noi tutti dovremmo sforzarci di imparare, – replicò Sabrina assumendo davvero, senza volerlo, un tono da maestrina arcigna. Era stanca di ascoltare gli sfoghi di quel vecchio, se ne sentiva oppressa, e temeva persino di subire il contagio della sua tristezza. L'autunno non era una stagione facile nemmeno per lei, con quel clima uggioso, con quelle giornate cosí brevi, senza contare che tra poco sarebbe arrivata la ricorrenza dei Morti e le sarebbe toccato recarsi al cimitero per deporre un fascio di crisantemi sulla tomba del fratello. Anche lei insomma aveva le sue pene, le sue malinconie, ma non si sarebbe mai sognata di infliggerle agli altri. Solo con M. forse avrebbe potuto parlarne: se ne rese conto ora per la prima volta, non senza meraviglia.

– Che noia, però, questo tempo, – disse gettando il busto all'indietro e ripetendo il tentativo, già compiuto piú volte con scarsi risultati, di appoggiare comodamente la spina dorsale contro lo schienale bassissimo della sua poltrona. – Che ore sono? – domandò.

– Le quattro. Non so lei, ma io qui non ho piú niente da fare, sto solo aspettando che spiova un pochino. Voglio sperare che non ci cacceranno fuori sotto questo diluvio.

– Non ci caccerebbero fuori comunque, non è nel loro stile.

– Ha ragione: tutt'al piú deciderebbero di riorganizzare la sala d'attesa.

Sabrina sorrise suo malgrado; poi, come per punire il maestro di averle strappato quel moto di complicità, prese una rivista dal tavolino e cominciò a sfogliarla. Se ne sarebbe persino andata dicendo di avere un impegno, se non avesse avuto appuntamento con M. alle quattro e mezzo davanti al portone.

Guardò il maestro con la coda dell'occhio e vide che aveva aperto anche lui una rivista, ma senza leggerla. Giocherellava soltanto con le pagine, e aveva un'aria cosí mortificata che Sabrina si pentí di averlo abbandonato a se stesso. Posò la rivista e stava per riattaccare discorso, quando si affacciò sulla soglia la ragazza addetta alla reception.

– Scusami, Sab, volevo avvisarti che è arrivato il tuo amico.

– Quale amico?

– Non so, sostiene di avere appuntamento con te. Un tipo lungo lungo, con gli occhiali.

– Sí, Deborah, ho capito. Ma eravamo d'accordo di vederci fuori, alle quattro e mezzo.

– Sarà arrivato in anticipo e non avrà avuto voglia di aspettarti sotto l'acqua.

– Io comunque non l'avevo autorizzato a salire.

– Be', non sarà una spia della concorrenza, mi auguro. L'ho fatto entrare io: tornavo dal bar e me lo sono visto lí sul pianerottolo, tutto gocciolante, che fissava il dispositivo d'identificazione con l'aria di chi non sa che pesci pigliare. Francamente mi ha fatto pena.

– Gli succede spesso, di far pena, – replicò Sabrina con freddezza. Non avrebbe mai voluto che M. mettesse piede negli uffici della Desire: era cosí fuori posto lí dentro, e lei si vergognava un poco all'idea che i colleghi, e soprattutto il capo e Lavinia, la vedessero in compagnia di quel ragazzone impacciato.

– Gocciolante, hai detto? Non sarà uscito senza ombrello!

– Ho paura di sí.

– È tipico. Assolutamente tipico di lui.

Aveva parlato in tono sprezzante, ma si sentiva un po' in colpa verso M. che in fondo aveva sfidato la pioggia e si era bagnato al solo scopo di venirla a prendere. Incontrò lo sguardo del maestro e le sembrò di scorgervi una netta disapprovazione, perciò distolse gli occhi.

– Devo dirgli che non ci sei?

– No, poveretto, ormai è qui... Sai, è un vicino di casa, ogni tanto facciamo la strada insieme.

– Allora, per piacere, vieni a prendertelo. Mi rende nervosa, non fa altro che gironzolare qua e là guardandosi intorno come se fosse al Louvre.

– Sí, vengo subito. Mi rincresce davvero.

Preceduta da Deborah, seguita dal maestro, Sabrina raggiunse l'atrio dove trovò M. in piedi davanti alla bacheca degli avvisi.

– Sei qui?

– Come vedi, – rispose lui voltandosi. – Oggi non era proprio il caso di aspettarti fuori.

Vedendo che il maestro lo osservava incuriosito, Sabrina dovette fare le presentazioni. In quel momento si rese conto con estremo imbarazzo di non conoscere il nome del giovane: l'aveva sempre chiamato con la sola iniziale, continuando a prestarsi a quel gioco un po' sciocco al quale egli aveva dato inizio la sera del loro primo incontro. Gli lanciò un'occhiata per chiedergli di venirle in aiuto, ma lui non ebbe l'aria di accorgersene.

– Questo, – disse allora coraggiosamente, – è Max, un mio vicino di casa –. Quel nome le piacque subito, nel momento stesso in cui lo pronunciava, e anche il ragazzo sembrò accettarlo volentieri, perché annuí leggermente. Sabrina intanto era passata a presentargli il maestro. – Con Deborah vi conoscete già, se non sbaglio, – aggiunse, non senza una punta di asprezza.

– Sí, è stata cosí gentile... Spero che almeno tu abbia un ombrello, Sabrina.

– Io ho sempre un ombrello, quando piove.

– Già, sembra che sia proprio questa la differenza tra noi due.

Il maestro sorrise. – Bene, ragazzi, io mi avvio.

– Da che parte va?

– Dalla parte opposta alla vostra.

Sabrina arrossí. Avrebbe voluto fargli capire che quella discrezione era superflua, ma non trovò le parole adatte.

– Vuoi visitare ancora la sede, – disse quando il maestro fu uscito, sfogando la sua irritazione con un sarcasmo che l'altro non parve nemmeno cogliere, – o possiamo andarcene anche noi?

– Andiamo pure.

Aspettarono l'ascensore e scesero al pianterreno senza scambiare parola. Anche quando furono all'aperto camminarono a lungo in silenzio, stringendosi l'uno all'altra per ripararsi sotto il piccolo ombrello da donna di Sabrina.

– Si può sapere, adesso, come ti chiami veramente? – domandò infine la ragazza.

– Max, è ovvio: come altro dovrei chiamarmi?

– Andiamo, parlo sul serio.

– Anch'io, te lo assicuro.

Stavano attraversando il parco dove alberi e cespugli, resi

sfocati dal velo della pioggia, sembravano smarriti in un'irraggiungibile lontananza, e i fogli di giornale con cui i vagabondi si coprivano durante il sonno giacevano fradici e stinti sulle panchine.

– Brutta cosa, l'autunno, – disse Sabrina, e mentre lo diceva sentí di aver perdonato Max.

– Brutta davvero se si esce senza ombrello, o se si deve dormire rannicchiati sotto i fogli di giornale.

– Brutta comunque: favorisce le crisi depressive.

Tacquero di nuovo. Sabrina stava pensando che forse, il giorno dei Morti, al cimitero avrebbe potuto andarci con Max. E si domandò se anche lui non avesse qualcuno sepolto laggiú, in quell'immensa, scoraggiante foresta di croci e lapidi che cresceva alla periferia della città.

CAPITOLO DICIASSETTESIMO

A Cindy venivano i brividi nel castello di Mr. Frog, e credimi, non soltanto per il freddo. I vapori dello stagno si addensavano tutt'intorno come una nebbia, le canne crescevano altissime proprio a ridosso delle finestre impedendo alla luce del sole di penetrare in quelle umide stanze... Insomma, a trovarsi lí dentro veniva un tale magone che persino lei, con tutto il suo coraggio, aveva una gran voglia di squagliarsela prima ancora di bere il tè.

E sí che il povero ranocchio aveva fatto grandi preparativi per riceverla: aveva lustrato il pavimento con la cera, messo in ordine le stanze dalla prima all'ultima tanto che non si vedeva uno spillo fuori posto, e apparecchiato in sala una bella tavola con tartine imburrate, biscotti <u>Sweet Hour</u> (link) ai gusti assortiti, e persino una golosa torta all'ananas, naturalmente della marca <u>Delice</u> (link). Adesso saltellava frenetico intorno a Cindy sulle sue lunghe zampe posteriori, riempiendole la tazza appena si accorgeva che era vuota e proponendole ora questa, ora quella stuzzicante ghiottoneria.

«È proprio un tesoro di ranocchio» pensò Cindy, e quasi si vergognava di trovare cosí poco accogliente la sua casa. Eppure quella sala spoglia continuava a metterle i brividi.

– Non ce l'hai una mamma? – domandò gentilmente a Mr. Frog. – Qualche fratellino o sorellina che vive con te?

– No, Cindy, mi tocca vivere solo. È il mio destino, non c'è niente da fare.

– C'è sempre qualcosa da fare, – ribatté lei, e aveva perfettamente ragione. – Tanto per dirne una ti regalerò il mio uccellino preferito, che ti terrà compagnia. E poi bisognerebbe ravvivare un po' l'ambiente, perché cosí è davvero triste.

Mr. Frog la guardò mortificato. – Hai ragione. E forse la troverai anche un po' umida, questa casa. Ma vedi, noi ranocchi siamo abituati a vivere nei posti umidi: piú acqua abbiamo intorno, piú siamo contenti.

– Se sei contento non ho niente da obiettare. In fondo tutti i gusti sono gusti, e noi possiamo benissimo essere amici anche se abbiamo gusti diversi.

– Certo che possiamo, – rispose Mr. Frog riprendendo a saltellare allegramente. Ma Cindy non era affatto allegra, anche se si sforzava di sorridere: «Proprio con un ranocchio dovevo fare amicizia, – pensò, – io che non posso soffrire gli stagni e i posti bui!»

CAPITOLO DICIOTTESIMO

Continuava a far segno di sí con la testa, ricacciando le lacrime che sentiva affiorare agli occhi. E pensare che era stata cosí felice quando il capo l'aveva convocata: si aspettava di tutto, da un semplice elogio a un altro aumento di stipendio, e quasi senza confessarlo a se stessa si era spinta persino a sognare quel famoso invito al ristorante; invece, appena entrata nell'ufficio, aveva dovuto rendersi conto di quanto fossero infondate le sue speranze. Già il fatto che Lavinia, dopo averla salutata con una cortesia ancora piú marcata del solito, per discrezione fosse uscita dalla stanza lasciandoli soli, la diceva lunga sulla piega che avrebbe preso quel colloquio.

– Davvero, Sab, mi meraviglio di te. Una puntata cosí scadente non l'avevo mai vista.

– Sí, capo, ha ragione.

– La pubblicità era talmente mal distribuita: due link uno dopo l'altro addirittura nella stessa frase, presentati per giunta svogliatamente, e poi il nulla piú assoluto fino alla conclusione del testo... Credi che i nostri sponsor siano soddisfatti di un simile trattamento?

– No, capo.

– Allora cerca di stare piú attenta, la prossima volta. Che diamine, non sei piú una principiante, certe cose ormai dovrebbero venirti istintive.

– Mi dispiace, la prossima volta mi sforzerò di far meglio.

– Brava, sforzati. Comunque, a parte la pubblicità, era proprio il tono generale della puntata che non andava. Cosí cupo, cosí deprimente! Già il ranocchio non mi ha mai convinto, lascia che te lo dica, l'ho sempre considerato uno dei tuoi personaggi meno riusciti; ma quel castello in mezzo allo stagno, umido e tetro, con le canne che non lasciano entrare la luce... Come diavolo ti è venuta in mente un'idea del genere?

– Non so, capo, mi è venuta cosí.

– Ma dovevi capire subito che era da scartare: al nostro pubblico vogliamo comunicare ottimismo, gioia di vivere, non certo malinconie superflue. Non parliamo poi di tutto quel rimuginare sul povero ranocchio che vive solo, senza la mamma, senza fratellini né sorelline...

– Erano soltanto poche righe.

– Righe di troppo, Sab, righe inopportune.

– Sí, ora me ne rendo conto. È che io stessa sono un po' triste, in questo periodo, forse per colpa della stagione.

– Cos'ha che non va, la stagione?

– Be', l'autunno non è mai molto allegro, quest'anno poi non fa altro che piovere, e le giornate sono cosí corte...

– È nell'ordine delle cose, Sab: dopo l'estate viene l'autunno, non è una novità, e non è una novità nemmeno che l'autunno sia una stagione buia e piovosa. Certo, se a tutto questo tu aggiungi la storia del povero ranocchio infelice...

– Lo so, capo, sono una stupida, – ammise Sabrina, e non riuscí piú a trattenere le lacrime. Vedendola piangere il capo fece il giro della scrivania e andò a batterle sulle spalle qualche pacca di incoraggiamento.

– Su, su, è tutto okay, non c'è nessuna ragione di piangere! Io ho parlato cosí per il tuo bene, devo pur correggere gli sbagli dei collaboratori, ma una puntata mal riuscita non è la fine del mondo. Dài, Sab, smetti di piangere: ti dico che è tutto okay, la prossima volta ne scriverai una magnifica.

– Lo spero, capo, – rispose Sabrina asciugandosi gli occhi. – Lei è cosí buono, farò l'impossibile per non deluderla piú.

– Brava, l'impossibile: ecco l'atteggiamento giusto. E sono assolutamente sicuro che non mi deluderai, mi fido di te come mi sono sempre fidato. Può darsi che tu sia un po' stanca in questo periodo, forse avresti bisogno di una vacanza.

Lei lo guardò spaventata. – No, niente vacanze. Sto benissimo, capo: gliel'ho detto, la colpa è soltanto della stagione. Per giunta c'è la festa dei Morti, e sono costretta a pensare piú del solito al mio povero fratello.

Nel pronunciare queste parole aveva puntato gli occhi dritti in quelli del capo, che si affrettò a distogliere i suoi con un lieve moto di imbarazzo. – Sei costretta? E chi ti costringe? Credi che a tuo fratello farebbe piacere sapere che ti rattristi per lui? No, Sab, pensare troppo ai defunti è un'occupazione malsana, e fosse per me quella festa l'abolirei addirittura. Chiamala festa, poi!

Sabrina si sforzò di sorridere. – In effetti, non è il massimo dell'allegria.

– Esatto, Sab: una festa al cimitero, che idea balorda! Con gli ospiti d'onore sotto terra e tutti gli altri a piagnucolare sulle pietre tombali... Io non ci vado mai al cimitero, e non ci va nemmeno Lavinia. L'unico dovere che abbiamo verso i cari estinti è di vivere al loro posto una vita felice.

Com'era profondo, com'era intelligente quell'uomo, come sapeva trovare per ogni circostanza le parole piú giuste! Non c'era da meravigliarsi, con un cervello simile, che dal niente fosse riuscito a diventare miliardario prima ancora di compiere trent'anni, e non un miliardario qualunque, nossignore: uno dei personaggi piú in vista dei nostri tempi, fondatore e presidente di una grande azienda che fin dall'inizio si era posta all'avanguardia nel cammino del progresso e aveva saputo rimanerci. Sabrina non piangeva piú: le sarebbe parso un mostruoso segno di ingratitudine continuare a piangere dopo quelle parole.

– Invece, per tirarti un po' su il morale, ti propongo una festa di tutt'altro genere. Ossia, non proprio una festa: in realtà è solamente un invito a pranzo.

Incredula, Sabrina trattenne il fiato. Ma il capo spiegò: – Giovedí prossimo, dopo l'assemblea mensile dei collaboratori, ho deciso di portarvi tutti al ristorante. Mi sembra una buona idea, per rafforzare lo spirito di squadra.

– Sí, – confermò lei soffocando un sospiro, – è un'idea eccellente.

– Allora conto su di te. Ti divertirai, ne sono certo, e se vuoi puoi portare anche il tuo ragazzo.

– Il mio ragazzo?

– Cosa credi? Ho i miei informatori, – rispose il capo con un sorriso bonario. – Quel tizio lungo lungo che viene sempre a prenderti.

Sabrina era arrossita. Stava per smentire con foga l'esistenza di un qualsiasi legame sentimentale tra lei e Max, ma cambiò idea. In fondo, rifletté, lasciar credere di avere come ragazzo un tipo cosí poco brillante era già meglio che far capire di non averne nessuno e di dividere il proprio letto con un gatto di peluche.

– Grazie, glielo dirò, ma non credo che potrà venire.

– Ha molti impegni? Che cosa fa nella vita?

– Oh, molte cose, – rispose lei evasiva.

– Eppure lo trovo sempre a gironzolare nell'atrio, come uno sfaccendato.

– Sí, è tanto caro: fa i salti mortali per venire a prendermi, tra un impegno e l'altro.

Il capo guardò l'orologio, poi si alzò, e Sabrina si affrettò a imitarlo.

– Bene, allora ti aspetto giovedí prossimo, con o senza di lui. E mi raccomando, un po' piú di brio nella prossima puntata.

– Stia tranquillo, capo.

Uscendo dall'ufficio Sabrina era di ottimo umore. «Le cose, – disse a se stessa, – non succedono mai come ce le immaginiamo, ma l'importante è che succedano, e in fondo il capo mi ha invitata davvero a mangiar fuori. Non ci speravo piú, e invece mi ha invitata».

Quanto a Max, era incerta se coinvolgerlo o no. «C'è tempo, – concluse dopo averci pensato un po' sopra, – magari glielo dirò la settimana prossima. E poi può darsi davvero che non voglia venire, dato il tipo non ci sarebbe da stupirsene. Non me lo vedo proprio, il mio ranocchio, a pranzare in un ristorante di lusso nel bel mezzo di un'allegra tavolata: scommetto che preferirà rimanersene nello stagno».

CAPITOLO DICIANNOVESIMO

M. attraversa il parco a passi rapidi, senza guardarsi intorno. Anche guardando, del resto, riuscirebbe a distinguere ben poco, data la nebbia fittissima che oggi è calata sulla città: le panchine, i cespugli, i tronchi scuri degli alberi ormai privi di foglie si indovinano a stento, ridotti come sono a confusi ricordi di se stessi, e degli alti edifici che circondano il parco si intravede soltanto, qua e là, il bagliore tenue di una finestra dove la luce è stata accesa già a quest'ora del pomeriggio. Le mani in tasca, infagottato nel giaccone, M. procede lungo i viali incrociando di tanto in tanto altre figure infagottate. Potrebbero essere barboni oppure impiegati che vanno e vengono dai loro uffici, è impossibile dirlo, perché la nebbia cancella tutte le differenze.

Di tanto in tanto M. si ferma, indeciso sulla direzione, ma dopo pochi istanti riprende il cammino. Svolta a destra, poi a sinistra, e infine raggiunge i margini del parco, dove l'incantesimo gettato dalla nebbia perde gradualmente la sua efficacia e le case ricominciano a profilarsi. Ora, proprio di fronte a lui, riesce a scorgere il palazzo della Desire: può vedere soltanto i piani piú bassi, oltre i quali l'edificio si dissolve a poco a poco nel nulla. Il *roof garden* poi ne è completamente inghiottito, scomparso senza lasciare la minima traccia.

M. esce dal parco, attraversa la strada e affretta il passo per arrivare al portone. Nell'atrio sembra indugiare, come disorientato dalla ritrovata nettezza con cui le forme si mostrano al suo sguardo. Anche questa volta però l'esitazione dura soltanto un attimo: il tempo di chiamare l'ascensore, di salire all'ultimo piano, ed eccolo davanti al dispositivo di identificazione. Istintivamente abbassa le palpebre per non consentirgli di catturare l'immagine delle sue iridi, che d'altronde la macchina non riconoscerebbe; suona invece il campanello e attende che Deborah venga ad aprirgli la porta.

Mentre si salutano sbrigativamente, la ragazza non riesce a respingere la sensazione che quell'imbacuccato visitatore abbia portato da fuori un soffio d'aria gelida. Lo squillo del telefono la richiama subito dietro il banco e M. va a sedersi al solito posto, lontano da lei, su un divanetto appartato dal quale può vedere tutto l'atrio oltre a un tratto piuttosto lungo del corridoio. Prende un libro dalla tasca e come sempre lo tiene aperto sulle ginocchia, ma senza leggerlo: ascolta le frasi che Deborah scambia al telefono con gli invisibili occupanti degli uffici o con persone che si trovano fuori, forse in qualche punto della città immersa nella nebbia, forse altrove, in una delle numerose, remote regioni alle quali si estende la rete d'affari della Desire. Di tanto in tanto si volta verso il corridoio deserto dove però, quando uno meno se lo aspetta, accade che una porta si apra e una figura compaia fuggevolmente per sparire subito dopo in un altro ufficio.

M. attende già da un quarto d'ora sul suo divano quando una di queste figure, invece di sparire, avanza nel corridoio dirigendosi verso di lui. È un uomo biondo, abbronzato, fra i trenta e i quarant'anni, e gli passa davanti senza fermarsi, chinando però su di lui un breve sguardo incuriosito. M. ricambia lo sguardo di quegli occhi azzurri, ma non dice nulla né dà alcun segno di riconoscere l'uomo, benché il suo volto si veda spesso sulle pagine delle riviste in fotografie abbastanza somiglianti. Solo per un istante si guardano in faccia, ora l'uomo ha superato M. e sta raggiungendo il banco del centralino. Dice qualcosa a Deborah, poi prosegue verso la porta ed esce richiudendosela alle spalle. Per tutto il tempo M., fingendo di leggere, non l'ha perso di vista.

– Il capo, – spiega Deborah compiaciuta, e lui annuisce vagamente, con indifferenza.

CAPITOLO VENTESIMO

Brrrr!! Tra poco arriva Halloween, la notte piú terrificante dell'anno! Hai già deciso come travestirti per far morire di paura amici e vicini di casa? Nel nostro *Megastore* troverai sicuramente la soluzione giusta: quest'anno abbiamo preparato per te un assortimento di maschere davvero raccapriccianti!

Ma se vuoi gustare in anticipo i brividi di Halloween, ti suggeriamo di cimentarti nel nostro nuovo gioco *Brucia la strega*. L'orrore è assicurato! Fa' attenzione, perché la strega ti tenderà mille perfidi trabocchetti: cercherà di catturarti, di propinarti le sue mele avvelenate, persino di divorarti vivo. Solo i migliori riusciranno a scamparla e a chiudere in gabbia la strega, ma è a questo punto che comincia il vero divertimento. Dovrai costringere la strega a confessare scegliendo fra dieci torture diverse, una piú atroce dell'altra, e poi bruciarla sul rogo badando bene che non ne rimanga nemmeno un pezzettino. (Questo è fondamentale, perché la strega ha la capacità di resuscitare dai propri resti carbonizzati, e se ci riesce la sua vendetta sarà terribile!)

Ooops! Quasi dimenticavamo il meglio: per rendere il gioco piú appassionante puoi dare alla strega l'aspetto che vuoi, puoi farla assomigliare alla prof, alla mamma, alla tua girl-friend... e perché no, anche al boy-friend o a quella carogna del capoufficio. Femmina o maschio, vecchio o giovane, tu dicci soltanto che faccia ha, e al resto ci pensiamo noi! Ovviamente sono disponibili anche le facce di uomini politici, calciatori e divi dello spettacolo. Insomma, se vuoi provare finalmente l'emozione di bruciare vivo qualcuno che secondo te se lo merita proprio, non lasciarti scappare questa occasione irripetibile! L'urna con le ceneri, che potrai conservare come ricordo nella memoria del tuo computer, ti sarà spedita per e-mail entro le ventiquattr'ore successive.

CAPITOLO VENTUNESIMO

Eppure è davvero un amico, pensò Sabrina mentre camminava accanto a Max sul triste vialetto contornato di lapidi. Gli aveva passato una mano sotto il braccio e si teneva aggrappata a lui, come cercando protezione.

– Non hai proprio nessuno sepolto qui?

– No, Sabrina, te l'ho già detto. Io non sono di queste parti.

– E di dove sei, si può sapere?

Max fece il nome di una città lontana, e alla domanda se fosse un bel posto rispose che era un posto come un altro. A quanto sembrava non aveva voglia di parlarne, e Sabrina non insisté.

– Nemmeno la mia famiglia è originaria di questa città. La nonna, i miei genitori, sono tutti sepolti altrove; mio fratello invece è morto qui, dopo che ci siamo trasferiti.

Lasciò il braccio di Max per frugare nella borsa in cerca del fazzoletto. Lui non fece nessun gesto per confortarla, anzi, distolse il viso con aria imbarazzata.

– Coraggio, – disse infine a voce bassissima. – Anch'io, sai, sono solo al mondo.

– Io non sono affatto sola al mondo, – ribatté Sabrina punta sul vivo. – Ho un sacco di amici, specialmente alla Desire, e se volessi ne avrei molti di piú. Cosa credi, mi basterebbe fare un fischio...

– Non ne dubito.

– È questo posto che mi deprime, non sarei dovuta venirci. Aveva ragione il capo, come sempre: se solo avessi dato retta al suo consiglio...

– Siamo ancora in tempo. Non hai che da dire una parola, o da fare un fischio, se preferisci, e io ti accompagno subito all'uscita.

Sabrina sollevò su di lui uno sguardo esitante, poi osservò le aiuole del cimitero, oggi affollate di visitatori che deponevano sulle tombe fasci di garofani o di crisantemi. Anche lei aveva in mano un mazzolino di garofani rosa, i piú belli che era riuscita a scovare in uno dei numerosissimi chioschi assiepati intorno al cancello d'ingresso.

– Ormai ci sono, mi spiacerebbe andarmene cosí.

– Allora proseguiamo?

– Sí, proseguiamo: siamo praticamente arrivati, mancano pochi passi.

In realtà non ne era affatto sicura, l'aveva detto solo come incoraggiamento. Sebbene si fosse già recata piú volte al cimitero, non aveva ancora imparato a trovare la strada in quell'agghiacciante simmetria di lapidi e croci, tra quei lunghi viali rettilinei che si intersecavano all'infinito. Era costretta ad aiutarsi con una piantina, sulla quale il numero 23 contrassegnava il settore dove era sepolto suo fratello, e ogni volta si sentiva mortificata di dover ricorrere a un simile espediente. Mentre camminava la sfiorò il pensiero che in fondo non avrebbe fatto nessuna differenza se avesse deposto il suo mazzo di garofani sulla prima tomba in cui si fosse imbattuta.

– Tutte uguali, tutte precise identiche l'una all'altra: un po' come le finestre di cui parlavi quella sera. È proprio questo, credo, a rendere il cimitero cosí tetro.

– E cosí istruttivo.

Sabrina scosse il capo. – Se stesse a me lo organizzerei in modo completamente diverso. Ne farei un posto piacevole, persino allegro, un bel giardino dove i visitatori potessero trovarsi a loro agio.

– O un boschetto incantato, magari, come quello della Fairy Queen.

Sabrina aveva preso di nuovo il fazzoletto e si asciugava gli occhi con piccoli movimenti rapidi.

– Posso vedere la piantina? – domandò lui gentilmente. – Se non sbaglio dovremmo esserci... Sí, infatti: questo è senz'altro il settore numero 23, ora si tratta soltanto di trovare la tomba.

– È una tomba standard, una semplice lastra di marmo. Ho pensato molte volte di far aggiungere qualcosa, magari una statua, e forse adesso che mi hanno aumentato lo stipendio...

– È questa, Sabrina?

– Sí, è questa.

Era sempre un momento difficile, per lei, quando si ritrovava all'improvviso davanti a quel marmo, a quei caratteri neri in rilievo, alla foto a colori che ritraeva il volto del fratello e che lei aveva scelto fra le tante perché era l'unica dove il defunto non sorridesse. Durava un attimo, non di piú, ma era un attimo di sgomento assoluto, un attimo in cui l'angoscia le serrava la gola e le sembrava che tutto, intorno a lei, cominciasse a vacillare. Appena si riprese, il suo primo pensiero fu la speranza che Max non si fosse accorto di nulla: non aveva voglia di essere compatita, almeno non da lui, e quasi si pentiva di averlo scelto come accompagnatore per quella mesta scampagnata. Certo, sarebbe stata ben altra cosa se al suo posto ci fosse stato qualcuno capace di confortarla davvero, di dirle: «Su, su, è tutto okay», battendole una mano sulla spalla o magari stringendola a sé e guardandola con occhi sereni, azzurri come un limpido cielo di primavera.

Si avvicinò alla tomba e posò i garofani sulla lastra di marmo, mentre Max attendeva in disparte.

– Ci vorrebbe un vaso, ma me ne dimentico sempre, – disse tornando verso di lui. E poi, senza alcun nesso apparente: – Che cosa assurda. Che cosa assurda la morte.

Allora, inaspettatamente, Max la strinse a sé. Non le disse però: «È tutto okay», si limitò a tenerla stretta tra le braccia per qualche istante, poi si scostò. Pareva confuso, addirittura turbato, e lei pensò di nuovo che quello era davvero un amico.

– Scusa, Max, non volevo rattristarti.

– Sono io che dovrei chiederti scusa.

– Cosa ti viene in mente? Anzi, sei stato cosí gentile a venire fin qui solo per amicizia, anche se tu non hai nessuno sepolto in questo cimitero...

– Già, solo per amicizia. Ma non è stato un grande sforzo, a me la morte non fa impressione. Non la trovo cosí assurda.

– Beato te.

Max sorrise. – Non è il caso di invidiarmi: in compenso trovo piuttosto assurda la vita.

– Ti passerà quando avrai un lavoro. Allora non avrai piú il tempo di stare a pensare se la vita è assurda oppure no, dovrai preoccuparti di viverla.

– Come fai tu?

– Come faccio io. Vedi, anche alla morte io non penso mai, ho ben altro per la testa, ci penso soltanto quando devo venire qui: qualche giorno prima e ancora qualche giorno dopo. Poi mi passa e torno allegra come sempre.

– Beata te. Ma allora è meglio andarcene al piú presto, cosí potrai incominciare la convalescenza. Vieni, ormai credo di sapermi orientare senza bisogno della piantina.

Sabrina lanciò un'ultima occhiata alla tomba, ai garofani che già intirizzivano sul freddo candore del marmo. Sollevò una mano all'altezza del viso e la agitò lievemente in un cenno di saluto, quindi si voltò, e senza piú guardare indietro raggiunse Max sul vialetto principale.

CAPITOLO VENTIDUESIMO

– Che bella festa, proprio una bella festa! – Decisamente, Cindy non si era mai divertita tanto in vita sua e tutti i suoi amici erano allegri come lei, il cane Fred, i batuffolosi micetti Pissy e Pussy e persino Mr. Frog, che oggi era finalmente guarito dalla sua malinconia e spiccava grandi balzi da un cespuglio all'altro.

– Che divertimento, che spasso! – Sotto i lampioncini colorati gli ospiti ballavano al ritmo travolgente della nuovissima compilation *Extasy* (link) e non si stancavano di agitare la coda, di battere le ali, insomma, di manifestare ciascuno a modo suo il piú sfrenato entusiasmo.

– Sai, Cindy, – disse Mr. Frog atterrandole all'improvviso su una spalla, – ho deciso di ristrutturare il mio castello: per prima cosa farò estirpare tutte le canne, cosí dalle finestre potrò vedere il cielo.

– Bravo, è un'ottima idea! E se vuoi metter su una cameretta davvero simpatica, ti consiglio di dare un'occhiata al catalogo Extrafurnish (link), i mobili per la tua casa del cuore!

Avrebbe voluto trattenersi a discutere con lui di quello splendido progetto, ma i suoi obblighi la chiamavano altrove: un *garden party*, credi a me, è una faccenda molto impegnativa, tra un ballo e l'altro Cindy doveva riempire bicchieri, tagliare torte, badare che Pissy e Pussy non giocassero a dare la caccia ai numerosi uccelli e topolini presenti tra gli invitati... Eh sí, aveva proprio un gran daffare, eppure non si pentiva assolutamente di aver dato quella festa. Era un successo strepitoso, superiore a qualsiasi aspettativa. Peccato soltanto che il principe non fosse potuto venire.

Fino a mezzanotte e oltre durò la festa, perché nessuno si decideva ad andarsene. Qualche animale diurno, è vero, cominciava a sbadigliare e a stropicciarsi gli occhi, e il vecchio Fred si era infilato sotto il tavolo del buffet per schiacciare un pisolino, ma in compenso con il buio era arrivato un nutrito drappello di gufi, civette e barbagianni, belli freschi e riposati dopo aver ronfato tutto il giorno nei loro nidi. Adesso avevano voglia di ballare e di assaggiare le leccornie che Cindy aveva preparato per gli ospiti: le civette, in particolare, andavano matte per le patatine Crunch (link), e chi può dargli torto? Basta un Crunch ed è subito festa, l'avrai sentito dire; quando poi la festa c'è già, come in questo caso, le patatine Crunch (link) ne esaltano al massimo l'allegria!

Cindy però era davvero a pezzi, e dopo aver ballato per una buona mezz'ora con il Re dei Barbagianni che si era degnato di accettare il suo invito, volle concedersi una breve pausa lontano dal frastuono, dalle luci, dalla folla effervescente degli ospiti.

Si avviò dunque verso l'angolo piú silenzioso e appartato del giardino e andò a sedersi su una panchina di marmo, proprio di fronte alla fontana: le piaceva lasciarsi cullare dal suo zampillo che si mescolava con gli echi della musica, contemplare le sagome scure delle siepi e i vialetti inargentati dal chiaro di luna, e soprattutto le piaceva specchiarsi nella fontana. Cindy infatti, da quando non doveva piú andare in giro vestita di stracci, era diventata un po' vanitosa e non perdeva occasione per rimirarsi e ammirarsi, specialmente quando aveva addosso un abito nuovo.

Ecco, contempla quel riflesso tremolante nell'acqua della fontana, ma da dov'è non riesce a vedere bene, perciò si alza e si avvicina alla vasca. China lo sguardo: ora il volto è proprio sotto di lei, come se fosse immerso nell'acqua e si sforzasse di affiorare alla superficie, ma con un grido Cindy si ritrae perché si è accorta che quel volto non è il suo. Gli somiglia, eppure non è il suo. È il volto di un ragazzo poco piú grande di lei, con lineamenti delicati, labbra di corallo, lunghi capelli biondi che gli oscillano intorno come alghe marine. Soltanto gli occhi non si distinguono: la loro immagine è stranamente vaga e sbiadita.

«Che ci fa lí dentro? – pensò Cindy. – Povero ragazzo, devono averlo stregato!» E tese una mano verso di lui, ma non riuscí a toccarlo: all'improvviso l'acqua si era trasformata in una spessa lastra di cristallo.

CAPITOLO VENTITREESIMO

Sí, che spasso, che gran divertimento, ma per quanti sforzi avesse fatto, una puntata del tutto allegra non era riuscita a scriverla nemmeno oggi. Scontenta di sé, Sabrina spense il computer e per risollevare il morale andò a lavarsi i capelli. Soprattutto da quando aveva scoperto la morbida schiuma di Babylux, le piaceva massaggiarsi a lungo la testa con lo shampoo aspirando quell'intenso profumo di mela acerba, passare il pettine tra i capelli bagnati e poi risciacquarli con il getto della doccia che, cosí le pareva, lavava via tutti i brutti pensieri.

Non era quella, comunque, l'unica ragione: di una bella messa in piega aveva davvero bisogno in previsione dell'assemblea mensile e del pranzo che sarebbe seguito. Ormai soltanto due giorni la separavano da quell'evento cosí atteso, e le sembrava che bastassero appena per portare a termine i preparativi. Incoraggiata dal recente aumento di stipendio si era comprata un vestito in una boutique del centro in cui di solito non metteva piede fuorché nella stagione dei saldi, aveva preso accordi con la sarta per le indispensabili modifiche e si era raccomandata con fervore perché glielo riconsegnasse in tempo. Fortunatamente la sarta aveva mantenuto la parola e adesso il vestito nuovo era appeso nell'armadio, da dove Sabrina lo prelevava piú volte al giorno per lunghe prove di costume davanti allo specchio. Era tentata di collaudarlo mettendolo già stasera, ma sapeva per esperienza che sfoggiare un abito mai indossato prima contribuiva, nelle occasioni importanti, a darle sicurezza. Perciò, dopo essersi asciugata con cura i capelli, infilò semplicemente un paio di jeans e un maglione: tenuta piú che adatta per ricevere Max e consumare con lui la modesta cenetta ordinata alla friggitoria sotto casa.

Alle sette aveva già apparecchiato la tavola, con una tovaglia bianca, piatti e posate del servizio ereditato dalla nonna e due coppie di calici dal lungo stelo, di grandezza diversa, destinate a contenere rispettivamente l'acqua e il vino. Per compensare in parte gli scadenti cibi pronti sui quali era stata costretta a ripiegare data la sua totale incapacità ai fornelli, Sabrina aveva infatti acquistato una bottiglia di spumante Madame Pompadour, che se non era champagne ci andava vicino e comunque aveva un nome francese: in fondo era la prima volta che Max veniva a cena da lei, bisognava pur offrirgli qualcosa di speciale.

L'ospite e la cena arrivarono insieme, alle otto meno un quarto.

– Sei in anticipo, Max, ma è meglio cosí: almeno i cibi caldi non faranno in tempo a raffreddarsi.

Congedò con una mancia il bambino cinese, reso irriconoscibile dall'intimidito silenzio che manteneva, poi fece segno a Max di seguirla in cucina dove tolse le varie vivande dai contenitori e le dispose il piú artisticamente possibile sui piatti da portata.

Erano già tiepide, conveniva affrettarsi ad andare a tavola. Si diressero dunque verso il soggiorno portando i vassoi e lo spumante che nella sua bottiglia verde smeraldo, con l'etichetta nera su cui spiccava in caratteri d'oro il nome della marca, faceva davvero una splendida figura. Sulla soglia si creò un momentaneo intoppo, perché ciascuno dei due voleva lasciar passare l'altro per primo, e fu Max ad averla vinta, come l'ebbe vinta quando si trattò di decidere a chi toccasse stappare il vino. «Quante cerimonie, – pensò lei, – da parte sua e da parte mia. Strano che tra noi ci sia cosí poca confidenza: e dire che ci frequentiamo da un pezzo... Ma è questione di carattere, Max è un tipo talmente introverso che riesce a far diventare introversa anche me». Durante il brindisi le tornò alla mente quel pomeriggio al cimitero, quando lui l'aveva stretta tra le braccia: un gesto strano, quasi incomprensibile, che non aveva lasciato la minima traccia nel suo comportamento successivo.

Mentre mangiavano gli involtini primavera il discorso cadde sulla Desire e da questa si portò sulla figura del suo presidente, soffermandovisi a lungo, perché quando parlava del capo Sabrina trovava difficile smettere. Tentò di spiegare a Max che persona meravigliosa fosse, quale privilegio rappresentasse il poter lavorare al suo fianco, e rimase addirittura esterrefatta sentendosi infine interrompere con queste fredde parole: – A quanto pare, sei molto affezionata al tuo padrone.

– Al mio padrone? Scusa, mi hai forse scambiata per un cagnolino? Ti assicuro che non ho mai pensato a lui come al mio padrone: mai, nemmeno nei primi tempi, quando il cuore mi balzava in gola ogni volta che mi avvicinavo alla porta del suo ufficio –. Di questo sgradevole sintomo, come sappiamo, Sabrina soffriva ancora adesso, ma era troppo offesa per confidarlo a Max. – Il mio padrone, figuriamoci! – continuò passandogli con un gesto secco il vassoio del maiale in agrodolce. – Proprio lui che è la persona piú semplice, piú alla mano, piú disponibile... Come un fratello maggiore, ecco come lo considero: e non è cosí soltanto con me, ma con tutti i suoi collaboratori, dal primo all'ultimo.

– Non intendevo offenderti, Sabrina. Però, se permetti, credo che non tutti condividano il tuo giudizio. Voglio dire, fuori della Desire...

– E che ne sanno, fuori della Desire? Chi non lo conosce non può certo giudicarlo.

– O forse lo giudica semplicemente da un'altra prospettiva.

– Tu per esempio non lo conosci affatto, a quanto mi risulta.

– L'ho visto passare qualche volta, mentre ti aspettavo nell'atrio. Ma non ci siamo mai presentati.

– Allora aspetta a parlare.

– Può darsi che sia un'ottima persona. Ne dubito, ma può anche darsi. Come ti ho detto io non lo conosco, quindi non ho niente contro di lui: per me è soltanto un simbolo.

– Un simbolo di che cosa, si può sapere?

– Andiamo, Sabrina... Credi forse che lo troveresti tanto «alla mano», che saresti cosí colpita dalla sua disponibilità e dai suoi modi semplici, se nella figura di quell'uomo non si concentrasse un potere immenso? Sí, un potere immenso, materiale e non soltanto materiale: il potere di insinuarsi nelle case, di plasmare il gusto e la mentalità della gente...

Sabrina scosse la testa. – Guarda caso, è esattamente il contrario: la regola su cui il capo insiste di piú è che i gusti del pubblico non vanno plasmati, ma seguiti.

– Questo mi ricorda un po' la vecchia storia dell'uovo e della gallina. Sono tutti cosí, quelli come lui: tutti innocenti, tutti con un cuore d'oro, e il male accade da sé, senza che nessuno l'abbia voluto.

– Il male! Adesso esageri. Se tu crescessi un po' ti renderesti conto che non sempre si può agire come si vorrebbe, specialmente quando si occupa una posizione di grande responsabilità. Bisogna adeguarsi alle circostanze, saperle sfruttare...

– In questo, credo che il tuo «fratello maggiore» sia un maestro.

– Sí, è un maestro, e noi tutti ne siamo orgogliosi. Se tu lo conoscessi, ti assicuro che i tuoi pregiudizi si squaglierebbero subito come neve al sole.

– Già: sotto i caldi raggi della sua eloquenza... – Fece una pausa mentre riempiva per la terza volta prima il calice di Sabrina, poi il proprio, rivolgendole intanto una lunga occhiata. – Comunque, non dev'essere facile arrivare fino a lui.

– È facilissimo invece: basta avere le relazioni giuste.

– E credi che io le abbia?

– Ne sono certa, – rispose lei con un sorrisetto. – Relazioni importanti, in grado di aprirti tutte le porte.

– Non metto in dubbio che tu sia nelle grazie del capo, Sabrina, però ho l'impressione...

– Hai qualche impegno per giovedí a mezzogiorno?

– Giovedí? Intendi dopodomani? Non ho nessun impegno. Mangiamo un boccone insieme alla paninoteca?

Sabrina lo guardò trionfante. – Nemmeno per sogno: ci vediamo a mezzogiorno in punto in uno dei migliori ristoranti del centro. Sai, quel personaggio inavvicinabile ci ha invitati a pranzo.

– Il capo ha invitato a pranzo noi due?

– Be', non da soli, naturalmente, – spiegò lei, già un po' pentita della sua iniziativa. – Sarà una colazione aziendale, forse un po' noiosa per chi non fa parte della squadra.

– Non mi annoierò.

– Allora vieni? Bene, sono davvero contenta, non vedo l'ora di presentarti al capo.

In realtà, proprio contenta Sabrina non era: dopo aver esitato per giorni, ora si era lasciata sfuggire quell'invito quasi suo malgrado, e aveva la sgradevole sensazione di esserci stata costretta. Non da Max, poverino, che evidentemente era stato colto del tutto alla sprovvista, ma dalle circostanze, dal subdolo concatenarsi delle parole che a volte, invece di assecondare la tua volontà, si impadroniscono di te e ti trascinano dove vogliono loro. Ma ormai era fatta; con un sospiro rassegnato Sabrina vuotò la sua coppa, poi si alzò per riportare i piatti in cucina.

CAPITOLO VENTIQUATTRESIMO

L'euforica squadra dei collaboratori faceva ressa davanti al guardaroba. Cappotti e giacconi venivano sfilati l'uno dopo l'altro e affidati a una sorridente signora che consegnava in cambio un piccolo gettone numerato e tutti, uomini e donne, ora che si erano sbarazzati di quegli involucri mostravano di aver indossato per l'occasione gli abiti migliori. Le uniche eccezioni erano il capo e Lavinia, entrambi vestiti semplicemente di un paio di jeans e di un maglione sportivo. Anche in quella tenuta senza pretese, però, Lavinia riusciva come sempre a superare in eleganza le altre donne presenti, e osservandola la povera Fairy Queen aveva la netta impressione di essersi messa troppo in ghingheri (o di essere *overdressed*, espressione che aveva udito usare una volta dalla stessa Lavinia e di cui solo adesso intuiva bruscamente il significato). Ma in un ambiente cosí distinto si sentiva comunque condannata a fare la figura della cafona: tutto la intimidiva, persino la guardarobiera dietro i cui modi cortesi, quando le affidò il suo cappotto, credette di indovinare un malcelato disprezzo.

Meno sensibili di lei a queste sfumature, gli altri stavano già dirigendosi verso la sala riservata passando senza batter ciglio davanti al *maître* altezzoso che li attendeva sulla soglia. Continuavano a discutere tra loro le eccitanti novità emerse dall'assemblea, a elogiare la relazione del capo tenendo la voce abbastanza alta perché lui potesse sentirli; solo il maestro taceva, e si avviava a capo chino verso la tavola come se non avesse niente in comune con gli altri. Persino a Sabrina, quando la vide prender posto di fronte a lui, rivolse soltanto un breve saluto, e lei ne fu rattristata: sapeva che il vecchio stava rimuginando tra sé e sé certi accenni contenuti nella relazione del capo, accenni vaghi ma inequivocabili sulla necessità di riorganizzare ulteriormente le pagine che incontravano minor successo. Ogni mese, ormai, si ripetevano quelle parole, e la conseguenza era sempre un'ulteriore riduzione dello spazio concesso al maestro, della sua libertà, del suo prestigio, per non parlare dello stipendio che ormai doveva essere ben misera cosa.

Sabrina avrebbe cercato di confortarlo se non fosse stata troppo impegnata a tendere l'orecchio per ascoltare, dalla propria posizione periferica all'estremità opposta della tavola, la brillante conversazione con cui il capo intratteneva Lavinia e il disc jockey Rudy Fox, trionfalmente installato alla sua sinistra. Perciò, quando finalmente il capo decise di rivolgerle la parola, non dovette far nulla per richiamare la sua attenzione: spingendo lo sguardo verso il fondo della tavola incontrò subito quello di lei, pronto a ricambiarlo.

– E il tuo ragazzo, Sab, che fine ha fatto? Mi sembrava di avere invitato anche lui.

– Credevo di trovarlo qui: sono molto stupita di non vederlo.

– Non importa, sarà per un'altra volta.

– Comunque gli dirò che ha chiesto di lui. Ne sarà certamente lusingato.

Il capo abbozzò un cenno che significava pressappoco: «Non esageriamo!», poi si rimise a parlare con Lavinia. Ma proprio allora, come evocato per magia dalla fuggevole curiosità di quel grand'uomo, Max comparve sulla soglia. Guardava verso di loro con aria spaesata, pareva domandarsi se non avesse sbagliato sala o persino ristorante, finché vide il profilo familiare di Sabrina spuntare sopra un luccicante corpetto di raso nero. Rinfrancato, si diresse verso di lei.

– Scusa il ritardo, – mormorò, – scusate il ritardo, – e fece scorrere lo sguardo lungo la tavola, senza soffermarlo particolarmente sul capo che aveva interrotto la conversazione per rivolgergli un rapido sorriso di benvenuto.

– Vieni che ti presento, – disse Sabrina freddamente, mentre si alzava. Le sembrava un'inconcepibile mancanza di riguardo non essere puntuale in un'occasione del genere, ma se Max era un maleducato il capo non ne avrebbe certo dato la colpa a lei. Glielo presentò, dunque, nel tono di chi declina qualsiasi responsabilità, e poi lo presentò a Lavinia che, pur essendo una signora, occupava ai suoi occhi solo il secondo posto.

Fu lei, tuttavia, a rispondere per entrambi. – Grazie di essere venuto: mio fratello e io tenevamo molto a conoscerla. Ormai però non l'aspettavamo piú, temo che il suo posto sia stato addirittura sparecchiato... Sia gentile, cara, vada a cercare un cameriere e gli chieda di aggiungere un coperto.

E Sabrina andò, commossa da tanta degnazione. Quell'accoglienza cosí cordiale riservata a Max, un estraneo e per giunta un ritardatario, era spiegabile soltanto come segno del favore di cui lei stessa godeva presso i vertici della Desire. Ma quando tornò con il cameriere, rimase di stucco scoprendo che nel frattempo qualcun altro aveva provveduto ad apparecchiare per Max nientemeno che accanto a Lavinia, nell'angolo dei privilegiati. Le parve una grazia eccessiva, fuori di ogni misura, e soprattutto la inquietava non poter sorvegliare personalmente il suo protetto. In ogni caso, ormai non le restava altro da fare che rassegnarsi e tornare al proprio posto.

Vedendola arrivare il maestro accennò l'atto di alzarsi. – Ah, mia cara, eccola di ritorno. Temevo che ci avesse abbandonati, che il suo amico fosse venuto a rapirla.

– No, non lo vede? È seduto laggiú, vicino al capo.

– Vicino al capo? Immagino che ne sia onoratissimo.

– Lo sarebbe, se avesse abbastanza cervello. Comunque penserò io a fargli capire l'importanza della cosa, se non dovesse arrivarci da solo.

– E noi invece, dopo tanti anni di fedele servizio, eccoci qui confinati nel limbo...

Benché il maestro sorridesse, a Sabrina non poteva sfuggire che dietro quelle parole scherzose si nascondeva un'amarezza autentica. – È una pura coincidenza, – rispose perciò con serietà, – l'assegnazione dei posti non significa niente.

– Questo vale certo per lei, ma non per me: io l'ho percorsa tutta, la tavola, anno dopo anno, da cima a fondo, e ora mi ritrovo appunto in fondo, all'estremo limite.

– Via maestro, la sua è una vera mania di persecuzione.

– Si sbaglia, mia cara, non mi sento affatto perseguitato. Al contrario, prendo atto con gratitudine che si apparecchia ancora un posto per il sottoscritto.

Nell'animo di Sabrina la pietà doveva combattere contro un crescente fastidio. – Scusi, ma fare la vittima è fin troppo facile. Se si sente escluso, messo ai margini, perché non si sforza di rimediare? Dopotutto è sempre possibile risalire la china.

– Alla mia età...

– Anche alla sua età. Lei ha un punto di partenza: *Caro Beethoven*.

– Non ha visto? Ora è diventato *L'angolo di Beethoven*: poveraccio, hanno messo ai margini anche lui...

– La pagina comunque esiste ancora, nessuno ha parlato di abolirla.

– No, nessuno ne ha parlato.

– Allora si concentri su quello che ha, lo metta a frutto. Convinca la Desire della sua utilità.

– Non crede che sia un po' tardi per sottopormi a simili esami? Vede, Sabrina, io non sono piú un ragazzo.

– Il guaio è proprio questo.

– Be', è un guaio piuttosto diffuso: temo che prima o poi dovrà affrontarlo persino lei.

– Mi ha fraintesa. Volevo dire che, continuando a pensare a se stesso come a un vecchio, lei finisce con l'apparire vecchio anche agli altri, col dare di sé un'immagine negativa. La giovinezza, secondo me, non è tanto una questione di anni, quanto di atteggiamento.

– Vedo che non riusciamo proprio a intenderci, ed è bene che sia cosí. È bene per lei. Chissà, forse il suo amico mi capirebbe meglio, mi sembra che abbia uno spirito... meno positivo.

– Sí, Max è davvero un orso, – confermò Sabrina ridendo, – e probabilmente anche un buono a nulla. Lo guardi là, con che aria imbronciata se ne sta ad ascoltare i discorsi del capo... Forse mi sbaglio, ma ho l'impressione che da quando si è seduto non abbia pronunciato una sola parola.

– E cosa dovrebbe dire, secondo lei?

– Non so, qualcosa che lo aiutasse a mettersi in luce.

Era davvero delusa di vedere Max fare una cosí meschina figura: sembrava perennemente concentrato sul piatto che aveva davanti, solo di tanto in tanto lanciava al capo o a Lavinia un'occhiata di sbieco, come se non avesse il coraggio di guardarli apertamente in faccia.

– È un ragazzo, – commentò il maestro con una certa tenerezza.

– Ma sarebbe ora che crescesse.

– Crescerà, glielo garantisco. Crescerà fin troppo presto.

– Lo spero, maestro, eppure a volte...

Si interruppe di colpo accorgendosi che nella sala era calato il silenzio. I camerieri stavano versando lo champagne (non Madame Pompadour, ma autentico champagne francese) e il capo aveva già alzato il suo calice per il brindisi.

– Alla nostra squadra, – declamò. – A voi, cari amici, e ai sempre maggiori successi della Desire!

Tutti i collaboratori si affrettarono a impadronirsi dei loro bicchieri, tutti, come un sol uomo, risposero con fervore al brindisi del capo. Ma il maestro si limitò a sollevare leggermente il suo calice dalla tovaglia e tornò a posarlo senza averlo accostato alle labbra.

CAPITOLO VENTICINQUESIMO

Quando l'uomo dagli occhi azzurri si affaccia nell'atrio rivolge a M. un cordiale cenno di saluto. Allora anche Deborah, che fino a un momento fa sembrava cosí occupata da non accorgersi quasi della presenza di quel visitatore, si volta verso di lui e gli sorride. M. si alza e rimane in piedi davanti al divano, come incerto se sedersi di nuovo o avvicinarsi al capo, ma prima che possa prendere una decisione questi si dirige verso di lui a passo deciso e gli batte una mano su una spalla.

Con immenso stupore, Deborah sente il capo proporgli di scendere al bar per bere insieme un caffè e, ancora piú incredula, sente M. rifiutare. «Si può essere piú stupidi di cosí?» dice a se stessa, accompagnando il pensiero con un grave scrollar di testa. Tuttavia, quando il capo è ormai sulla porta, M. lo richiama: ha cambiato idea, in realtà un buon caffè gli ci vuole proprio, e Deborah pensa: «Meglio tardi che mai», attribuendo la scarsa prontezza di riflessi di cui quel ragazzo ha dato prova alla lunghezza eccessiva del suo corpo, che deve rendere piú lenta e difficile la trasmissione degli impulsi nervosi.

Ora M. e l'uomo dagli occhi azzurri sono l'uno di fronte all'altro, vicinissimi come impone lo spazio angusto dell'ascensore, e il giovane ha addirittura l'impressione di sentirsi sfiorare il viso dal respiro del capo. Allora si scosta leggermente, fingendosi interessato a leggere i numeri luminosi che si susseguono man mano che la cabina scivola verso il pianterreno, e quando la porta si apre si affretta a uscire senza badare alle regole di precedenza.

– Soffre di claustrofobia, per caso? – domanda il capo con un sorriso comprensivo.

– Sí, qualche volta.

– Be', non è grave. L'importante è che lei non abbia paura dell'altezza, perché alla sua età bisogna cominciare a salire. È una bella arrampicata, sa? Almeno, se si vuole arrivare in cima...

M. non commenta questa osservazione, e l'altro non sembra aspettarsi che lo faccia. Continua a parlare, descrivendo a grandi linee le tappe della propria trionfale carriera, finché non raggiungono il bar, dove è costretto a interrompersi per fare le ordinazioni. Ma appena il barista ha voltato loro le spalle e ha cominciato ad armeggiare con la macchina del caffè, M. sollecita il capo a riprendere il racconto. Sembra profondamente interessato, e l'uomo si compiace di avere un ascoltatore cosí attento.

– L'importante, vede, è avere una meta e tendervi con tutte le proprie forze. Senza esitazioni, senza incertezze...

– Senza rimorsi?

– Rimorsi? Che c'entrano i rimorsi?

– Cosí, dicevo per dire.

– Rimorsi... Dio mio, no, credo proprio di non averne mai avuti. Certo, nella vita non sempre si può agire come si vorrebbe, specialmente se si occupa una posizione di grande responsabilità: bisogna adeguarsi alle circostanze, saperle sfruttare... È nell'ordine delle cose, capisce, che durante la corsa qualcuno resti indietro, che se noi vinciamo qualcun altro debba perdere. Ma quando mi conoscerà meglio, caro Max, si renderà conto che io non voglio mai il male di nessuno. Non è nella mia natura. Non è nel mio stile.

– Capisco: è semplicemente nell'ordine delle cose.

– Bravo, vedo che mi segue perfettamente. Il mondo è una giungla, lo sanno anche i bambini, e nella giungla bisogna lottare per sopravvivere. Ma dove eravamo rimasti? Ah, sí: come le stavo dicendo, a quei tempi ero uno dei pochissimi a intuire la portata rivoluzionaria delle nuove tecnologie...

Quanto piú prosegue nel suo racconto, tanto piú il capo si convince che M. è davvero un tipo in gamba: ha il dono di saper ascoltare, un grande dono, che anche lui ritiene di possedere. Forse per questo decide all'improvviso di cambiare ruolo.

– Ma ora basta, ora tocca a lei raccontare.

– C'è poco da raccontare: diciamo che mi sto ancora guardando intorno.

– Bravo, si guardi intorno piú che può. Alla sua età è la cosa migliore. Ricordo che io stesso, dopo il servizio militare...

In silenzio, gli occhi fissi sulla superficie cromata del banco, M. vuota adagio la tazzina mentre il capo gli descrive dettagliatamente i primi passi compiuti nel suo cammino di vincitore.

CAPITOLO VENTISEIESIMO

Che cosa aspetti a pensare al Natale? È vero che manca ancora un mese, ma come dice il proverbio, chi ha tempo non aspetti tempo, e se non ti dai una mossa rischi di farti sfuggire le occasioni migliori!

Anche quest'anno la Desire ti offre la piú incredibile scelta di regali per tutti i gusti e per tutte le tasche. Sí, da noi potrai trovare sempre il miglior rapporto qualità-prezzo, e senza dover affrontare la ressa dei negozi! Per i tuoi cuccioli, per papi e per mami, per il tuo boy-friend o per la tua girl-friend, per il boss e i colleghi di lavoro... a chiunque tu stia pensando, troverai il regalo giusto nel nostro fornitissimo *Megastore*!

Naturalmente la Desire non dimentica che il Natale è anche una festività religiosa, perciò ti consigliamo di visitare il *Tempio virtuale*, dove un sacerdote di tua scelta ti fornirà tutte le informazioni che ti servono su riti e usanze di ogni paese per celebrare la ricorrenza secondo tradizione. Piú di duecento link con i siti delle principali chiese, comunità e sette religiose, dalla Santa Sede ai Figli di Satana. (*New*: *Diabolic shop*: cerca qui l'occorrente per celebrare la tua messa nera di mezzanotte!)

Musica: scegli la colonna sonora che preferisci per il tuo Natale consultando la pagina *All you need is sound*! Rock, pop, folk, classica, jazz... Il simpaticissimo disc jockey Rudy Fox è a tua completa disposizione per aiutarti nella ricerca.

Classica: *L'angolo di Beethoven*: impossibile visualizzare la pagina.

Attenzione! La pagina richiesta è stata rimossa. Per qualunque informazione sulla musica classica ti invitiamo a premere il pulsante ¬ *Indietro* o a consultare la pagina www.desire.com/musica/allyouneedissound.

CAPITOLO VENTISETTESIMO

– Via quella faccia scura, maestro, non è poi la fine del mondo! I problemi esistono per essere risolti e presto o tardi troveremo il modo di risolvere anche il suo. È tutto okay, le dico, non ha motivo di preoccuparsi: si tratta soltanto di una misura temporanea, che d'altronde non potevamo fare a meno di prendere. Dopo tutto siamo responsabili verso i nostri azionisti, e ha letto anche lei le ultime analisi di rendimento... Mi creda, con quei risultati la Desire non poteva proprio regolarsi diversamente. Comunque il suo nome rimane nell'elenco dei collaboratori, il che fra parentesi è stato già un bello strappo alla regola, e col tempo vedremo di trovare qualcosa per lei: non una rubrica fissa, questo ovviamente non è piú possibile, ma qualche lavoretto saltuario vedremo di procurarglielo. Che diamine, un cuore ce l'abbiamo anche noi!

In piedi nell'atrio della Desire, il maestro accoglieva in silenzio il discorsetto consolatorio che il capo gli stava propinando. Lo fissava dritto negli occhi con la speranza di confonderlo, ma l'unica a sentirsi confusa sembrava Sabrina che, seduta su un divano a neppure due metri di distanza, era costretta ad ascoltare ogni parola.

– Forza e coraggio, maestro! Vada a casa, si faccia una doccia e poi una bella dormita, e vedrà che domattina tutto le sembrerà meno grave. Volevi parlarmi, Sab? Aspettami lí buona buona, tra dieci minuti sarò di ritorno.

E dopo aver rivolto un saluto collettivo a quanti si trovavano nell'atrio infilò la porta, visibilmente sollevato di essersi tolto quel pensiero.

Il maestro rimase immobile al centro della sala, e Sabrina non osava guardarlo. Fu lui, dopo qualche istante, a volgere gli occhi nella sua direzione. La raggiunse e si lasciò cadere accanto a lei sul basso divano bianco.

– Mi dispiace, – mormorò Sabrina.

– Dispiace anche a me. Per la sostanza e per la forma, che lasciava parecchio a desiderare. Cose del genere avrebbe dovuto avere almeno il buon gusto di dirmele a tu per tu, tra le pareti del suo ufficio; invece, sino a oggi si faceva negare, non ha mai voluto saperne di ricevermi, e se non l'avessi incontrato per puro caso qui nell'atrio, ancora adesso sarei all'oscuro di tutte quelle consolanti notizie sul buon cuore della Desire.

– Vede anche lei che non c'era piú molto da dire.

– Sí, ma quel poco andava detto meglio.

Sabrina annuí, pur rendendosi conto che a turbare il maestro non era tanto la forma, quanto la sostanza del colloquio appena concluso e che quelle proteste erano solo un estremo espediente con cui il vecchio tentava di preservare la propria dignità. Con una fitta di pietà notò che le sue mani rugose, cosparse piú che mai di appariscenti chiazze scure, si stringevano di continuo l'una all'altra come per confortarsi a vicenda.

– Comunque lo ha sentito: lei è sempre dei nostri. Uno spiraglio rimane aperto, dopo tutto.

– Sí, uno spiraglio rimane aperto. È curioso, ricordo che pensai la stessa cosa quando sciolsero la mia orchestra.

– E infatti ha trovato lavoro alla Desire. Le occasioni non mancano, maestro, basta saperle cogliere. Se vuole un consiglio, lasci perdere Beethoven, dimentichi il suo passato di violinista e ricominci da capo.

– Ricominciare? E dove?

– Qui, nel presente.

– Ma io non so vivere nel presente. Temo che lei abbia messo il dito sulla piaga.

C'è qualcosa di irresistibilmente infantile nel volto dei vecchi: Sabrina se ne rese conto osservando il maestro che ora le rivolgeva un sorriso disarmante, quasi di scusa, come uno scolaro al quale fosse stato assegnato un compito troppo difficile.

– Ad ogni modo si faccia coraggio, – gli rispose materna. – Nessuno l'abbandonerà, lei fa ancora parte della squadra.

– Un privilegio poco redditizio, ho paura, – disse il maestro alzandosi. – Crede che potrei almeno servirmene per chiedere a Deborah di chiamarmi un taxi? È un piccolo lusso che voglio concedermi per l'ultima volta, da domani si cambia regime.

– Glielo chiamerà di sicuro. Comunque, le garantisco che anche in metró non si viaggia male.

– Non mi mancherà l'occasione di accertarmene, ma ancora per oggi voglio usare un riguardo a queste vecchie gambe arrugginite. Scusi se l'ho annoiata di nuovo con le mie confidenze: lei è cosí paziente, cosí gentile...

– Ho dell'affetto per lei, ecco tutto. Aspetti, vado a cercare Deborah e a dirle di chiamare il taxi. Chissà dove si è cacciata, quella perdigiorno.

Uscí dall'atrio quasi di corsa per nascondere le lacrime, ma quando ritornò non vide piú traccia del maestro. «Strano, – pensò, – deve aver deciso di cambiare regime fin da oggi».

CAPITOLO VENTOTTESIMO

Quello ormai alle porte si annunciava come un altro inverno senza neve, ma la temperatura si era notevolmente abbassata e le autorità cittadine avevano fatto recintare con transenne le griglie di ventilazione degli impianti di riscaldamento per impedire ai vagabondi di stendervisi sopra a dormire. Bisognava scacciarli dai luoghi piú diversi, dalle stazioni della metropolitana, dai vasti parcheggi sotterranei, dagli atrii dei palazzi in cui tentavano di intrufolarsi verso sera, dopo la chiusura degli uffici; in compenso il freddo li teneva lontani dalle panchine, e quando si recavano insieme alla Desire, Sabrina e Max potevano attraversare il parco da un capo all'altro senza trovarsi davanti il deprimente spettacolo della loro miseria.

Benché non avesse aperto bocca, o forse proprio per questo, al pranzo aziendale Max non doveva aver fatto una cattiva figura, anzi, sembrava fosse riuscito simpatico a tutti. Con grande stupore di Sabrina, sembrava che alla Desire apprezzassero quel suo goffo compagno o almeno che lo considerassero di casa, e il capo stesso, quando lo incontrava nell'atrio, non mancava quasi mai di rivolgergli un cordiale cenno di saluto. Correva voce che in un paio di occasioni il ragazzo avesse addirittura condiviso con lui la pausa caffè, e come se non bastasse era già stato invitato ufficialmente al grande party natalizio in programma per il 21 dicembre. Con la massima naturalezza aveva accettato l'invito, senza mostrarsi neppure consapevole del privilegio che gli veniva accordato. È vero che al party natalizio erano ammessi di regola tutti i collaboratori, anche i piú modesti o quelli caduti in disgrazia, ma Sabrina non ricordava di avervi mai visto nessuno che non figurasse sul libro paga della Desire. Era una festa rigorosamente aziendale, persino le mogli e i mariti dei collaboratori ne erano sempre stati esclusi, e lei si domandava se quell'invito cosí insolito non preparasse nientemeno che l'assunzione di Max. In quale veste, non riusciva assolutamente a indovinarlo: non le risultava che il suo amico sapesse far nulla nella vita salvo studiare (ammesso che studiasse), bere birra ed esprimere pensieri incomprensibili, ma qualche qualità doveva pur averla anche lui, e in tal caso, chi meglio del capo sarebbe stato in grado di scoprirla?

Insomma, quanto piú ci rifletteva, tanto piú nutriva buone speranze per l'avvenire di Max. Peccato che lui non fosse sfiorato dal minimo presentimento e continuasse come al solito a tenersi sulle sue: proprio l'atteggiamento giusto, pensava, per lasciarsi sfuggire l'occasione. Decise dunque di metterlo sull'avviso, e affrontò l'argomento un pomeriggio in cui, usciti insieme dalla Desire, si erano fermati in un bar a bere una tazza di cioccolata calda.

– Hai visto come ti ha salutato oggi il capo?

– Mi ha detto buongiorno. In quale altro modo avrebbe dovuto salutarmi?

– Credi che si preoccupi di dire buongiorno a chiunque, quando passa nell'atrio? No, il fatto è che ti ha preso a benvolere, fin da quella volta al ristorante. Chissà: potrebbe essere l'inizio di qualcosa.

– Di un'amicizia, intendi?

Esasperata dalla sua ottusità, Sabrina scosse la testa. – Perché no? – rispose tuttavia. – Dato che avete simpatia l'uno per l'altro...

– Io non ho mai detto di avere simpatia per lui.

– Ma non puoi non averla! A parte tutto il resto, il capo è una cosí brava persona... Ti ho raccontato, mi pare, come si è prodigato la settimana scorsa per confortare il povero maestro: e nessuno l'obbligava, in fondo.

– Già, davvero una brava persona.

– Per me poi, te l'ho detto, è come un fratello maggiore, – continuò arrossendo leggermente, – riesce a comunicarmi una tale sicurezza, nel lavoro e non soltanto in quello... Sarebbe cosí anche per te, se tu fossi al mio posto.

Max sorrise. – Ma io, Sabrina, non aspiro affatto al tuo posto.

– Lo so, ci mancherebbe, – rispose sorridendo anche lei, – altrimenti non saresti un amico, e poi non ti ci vedo proprio come Fairy Queen. Intendevo dire, se mai tu dovessi lavorare alle sue dipendenze.

– Non aspiro nemmeno a questo.

Sabrina era esterrefatta. – E allora a cosa aspiri, se è lecito? Cosa conti di fare nella vita?

– Un giorno lo saprai.

Lei si strinse nelle spalle. – Già me l'immagino. Scriverai un libro, suppongo, che nessuno vorrà pubblicare, o farai qualche altra sciocchezza del genere, perfettamente inutile, ma che ti illuderà di aver dato alla tua vita quel famoso «significato» di cui dici di andare in cerca.

– Sí, grosso modo hai indovinato. Farò appunto qualche sciocchezza del genere.

– E le porte che ti si aprono, intanto, non le consideri nemmeno.

– Al contrario, Sabrina: le considero con estrema attenzione.

– Da come parli non si direbbe.

– Invece è proprio cosí, devi credermi. Sotto molti aspetti, anche la benevolenza del capo non mi lascia affatto indifferente. È una cosa importante, importantissima.

– Meno male che te ne rendi conto.

– Mi crea, sotto molti aspetti, un certo imbarazzo.

– Lo credo bene, timido come sei... Del resto il capo ha una personalità cosí potente che persino a me, dopo tanti mesi, viene ancora il batticuore ogni volta che devo parlargli.

– A me fa un effetto un po' diverso.

Non disse però quale effetto gli facesse, e dopo un breve silenzio fu Sabrina a riprendere il discorso. – Dopo tutto, forse hai piú buon senso di quel che sembra. Mi prometti di non trascurare nessuna opportunità, di continuare a coltivare i tuoi rapporti con la Desire?

– Sí, te lo prometto –. Esitò per un attimo, poi aggiunse: – Ma è una promessa superflua, ne avevo comunque l'intenzione. Coltivare i miei rapporti con la Desire... non lo sto già facendo da un pezzo?

– È vero, lo stai facendo. E pensare che non l'avevo mai sospettato.

– Che cosa, Sabrina?

– Che avevi le tue ragioni per venirmi a prendere, per salire, per aspettarmi nell'atrio...

– In effetti, avevo le mie ragioni.

Lo fissò, e le parve di vederlo per la prima volta. – Ora però non devi sentirti in colpa per questo, – si affrettò a dirgli, poiché lui aveva chinato lo sguardo. – Anzi, mi fa piacere che sia cosí: con la tua aria ingenua, sotto sotto sei piú furbo di quel che sembra.

– Molto piú furbo, – confermò Max ridendo, ma in quella risata non c'era ombra di allegria.

CAPITOLO VENTINOVESIMO

E cosí Cindy era finalmente riuscita a strappare a Mr. Frog una piena confessione. Altro che ranocchio, quello era un principe, come del resto lei aveva sospettato fin dall'inizio. Un principe costretto all'incognito dal sortilegio di una strega cattiva, trasformato per magia in buffo animaletto bitorzoluto, ma pur sempre un principe, che un giorno avrebbe forse ritrovato le sue vere sembianze. Certo, perché questo avvenisse occorreva un piccolo aiuto, Cindy se ne rendeva conto perfettamente: occorreva, come tutti sanno, il bacio appassionato di una fanciulla, di una che sapesse scorgere sotto la scorza del ranocchio il nocciolo principesco, e quell'una era lei, non poteva essere nessun'altra.

Già Mr. Frog non le sembrava piú cosí brutto. I suoi occhi le sembravano meno sporgenti, la pelle piú liscia. Effetto dell'amore, dirai tu, e forse non hai tutti i torti, ma qualunque ranocchio potrebbe migliorare il suo aspetto e addirittura trasformarsi in un principe se usasse regolarmente la crema Smooth (link), formidabile contro brufoli e punti neri! Persino Cindy a volte se ne spalmava un po' sul viso, quando qualche foruncoletto importuno minacciava di offuscare la sua bellezza. E, devo aggiungere, si lavava sempre i denti con Extrafluor (link), ragion per cui poteva dispensare baci in ogni momento senza sentirsi in imbarazzo per la freschezza dell'alito.

Che sorpresa per il povero ranocchio! Quando Cindy gli dichiarò la sua intenzione sulle prime non voleva credere alle proprie orecchie, anzi, cercò addirittura di dissuaderla, non perché lei non gli piacesse, ma perché non si sentiva degno di un simile privilegio. Ma Cindy tanto disse, tanto fece, che finí col convincerlo.

– Non c'è nessuno, a questo mondo, che sia cosí brutto da non meritare nemmeno un bacio! Te poi ti ho capito: con quell'aria da rospetto qualunque, sotto sotto sei uno splendido principe, e chissà quante ragazze spasimavano per te prima che la strega ti gettasse addosso l'incantesimo...

– In effetti qualcuna ce n'era, – ammise lui abbassando gli occhi con aria modesta. – Però è acqua passata, Cindy, e poi nessuna era carina come te.

– Lo credo bene: nessuna aveva scoperto Luxury (link), il sapone delle star! Insomma, lo vuoi o non lo vuoi questo bacio?

– Tu che ne dici? Forse, se non ti costa troppa fatica...

– Ma no, quale fatica?

– E dopo il bacio, pensi davvero che tornerò a essere un principe?

– Non c'è che da fare la prova.

– Ormai non ci speravo piú, di trovare una ragazza disposta a baciarmi. Ero rassegnato a vivere per sempre in quello stagno, e il guaio è che ci avevo fatto l'abitudine.

– Già, il guaio era proprio questo.

– Ma adesso, Cindy, è ora di cambiare musica. E a proposito di musica, forse mi baceresti con piú gusto se intanto ascoltassimo il nuovo elettrizzante disco dei Black Murders (link).

– È un'ottima idea: vado subito a prenderlo.

Quando ebbe infilato il disco nel lettore si accorse che il suo cuore batteva piú svelto, e non solo per quella musica cosí eccitante. «Strano, – pensò, – non avrei mai creduto di provare niente di simile per Mr. Frog. Ma naturalmente le cose sono cambiate da quando ho scoperto che è un principe».

Il ranocchio si era appollaiato in cima allo schienale di una sedia e stava ritto sulle zampette posteriori per non costringere

Cindy a chinarsi troppo. Appena gli fu vicina lei chiuse gli occhi e gli diede un bacio proprio sulla punta del naso, poi riaprí gli occhi, e allora cosa credi che succedesse? Abbi pazienza, te lo dirò nella prossima puntata.

CAPITOLO TRENTESIMO

Quando riaprí gli occhi Sabrina non vide Max accanto a sé. Si guardò intorno e scorse la sua alta sagoma scura davanti alla finestra: era già vestito, e aveva sollevato un po' le tapparelle lasciando entrare nella stanza la luce fredda del mattino.

– Buongiorno, – gli disse allegramente.

Max si voltò verso di lei, ma con un'espressione cosí strana, cosí severa, che Sabrina sentí subito il bisogno di coprirsi con il lenzuolo. – Buongiorno, – rispose rimanendo dov'era. – Spero che tu abbia dormito bene.

– Meravigliosamente: non c'è niente che favorisca un buon sonno come...

– Mi dispiace, – la interruppe lui. – Credimi, mi dispiace davvero che sia successo.

– Che cosa dici? A me non dispiace affatto.

– Eppure dovrei chiederti perdono. In ginocchio, magari, come nella scena madre di un romanzo.

– Accomodati, la moquette è fatta anche per questo. Ma si può sapere che ti prende? Siamo stati cosí bene, stanotte...

– Non doveva succedere. Non dovevo approfittare di te.

Sabrina scoppiò a ridere. – Approfittare di me? Di' un po', che razza di romanzi sono quelli che leggi? Roba di cent'anni fa, immagino. Vieni, torna a letto: staremo ancora un po' qui a scambiarci coccole, poi, appena ti sarai calmato, andrò a preparare la colazione.

– Quando vuoi tu, Sabrina –. Andò a sedersi sul bordo del

letto, il piú lontano possibile da lei, badando a non sfiorarle nemmeno le dita dei piedi. Sabrina lo guardava perplessa. «Bel risultato, – pensò, – e dire che credevo di farlo felice». Ma decisamente Max non aveva un'aria felice, e nemmeno severa come le era parso in un primo momento. Disperata, piuttosto, per qualche ragione che lei non riusciva proprio a indovinare.

– Su, Max, basta con le sciocchezze. Dopo tutto sono stata io a invitarti a salire.

– E io avrei dovuto rifiutare. Comunque non parliamone piú, non pretendo certo che tu capisca.

– Ah, grazie tante! Prima vuoi chiedermi perdono in ginocchio, poi mi dai implicitamente della stupida, e in tutti questi bei discorsi non trovi il modo di infilare nemmeno una parolina affettuosa per me, come si usa in casi del genere.

– Se lo facessi sarei un farabutto, ancora piú farabutto di quel che sono. Non ci può essere affetto, Sabrina, fra te e me. Non adesso. Non su queste basi.

– E me lo dici cosí, tranquillamente?

– Davvero ti sembro tranquillo?

Sabrina si alzò. Date le circostanze la imbarazzava non poco l'idea di abbandonare la protezione del lenzuolo, ma appena se lo levò di dosso Max si affrettò a distogliere lo sguardo e lei poté avviarsi inosservata verso l'armadio.

– Preferisci tè o caffè? – gli chiese mentre si avvolgeva nella vestaglia.

– Grazie, non disturbarti, andrò a far colazione a casa mia.

– Tè o caffè?

– Caffè.

Lei uscí dalla stanza, resistendo a stento alla tentazione di sbattere la porta. Dopo qualche istante Max la raggiunse in cucina.

– Scusami, – le disse. – So di sembrarti pazzo, o villano, o forse entrambe le cose. Invece sono soltanto uno al quale è accaduto di agire contro la propria coscienza, per la prima volta.

Senza guardarlo, Sabrina accese il fuoco sotto la caffettiera. – La tua coscienza ha sofferto molto, stanotte?

– Soffre stamattina.

– Perché hai approfittato di me?

– Per questo.

– Mentre non ti rimorde nemmeno un poco per avermi dichiarato a bruciapelo che tra noi non può esserci affetto, dopo che abbiamo dormito insieme, dopo mesi di amicizia...

– Un giorno forse questi mesi di amicizia ti appariranno sotto una luce diversa. Ma non volevo turbarti, avrei dovuto tenere per me la mia amarezza.

– O almeno dovresti spiegarti piú chiaramente.

– Non posso, Sabrina.

– Di' piuttosto che non ne saresti capace. C'è una gran confusione nella tua testa, me ne sono accorta fin dal primo momento.

– Sí, c'è una gran confusione.

Sabrina versò il caffè nelle tazze, sedette a tavola e con un cenno invitò Max a prendere posto di fronte. Fecero colazione in silenzio, lei imburrando meticolosamente fette di pane che poi assaggiava appena, lui limitandosi a vuotare la sua tazza con aria pensierosa.

– Ne vuoi ancora?

– No, grazie, ora me ne vado. Ma prima volevo dirti...

– Che cosa? – domandò lei, poiché Max si era interrotto.

– Che non lo farò. Che non intendo piú farlo.

– Si può sapere di che diavolo stai parlando?

Lui tacque. «È proprio cosí, allora? – balenò per un attimo alla mente di Sabrina. – Mirava davvero a rubarmi il posto, e ora si è pentito?» Ma sarebbe stato troppo triste sentirselo confessare proprio oggi, dopo quello che era accaduto tra loro.

– Se vuoi andare, va' pure –. E rimase girata verso il lavello, sciacquando le tazzine, mentre Max usciva dalla stanza.

CAPITOLO TRENTUNESIMO

Dopo questi avvenimenti, non stupisce trovare di nuovo Sabrina intenta a esaminarsi davanti allo specchio. Vede una figura dai contorni un po' incerti, come se il cristallo fosse appannato, ma il cristallo non è appannato, a farle velo sono semplicemente le lacrime che continuano a salirle agli occhi nonostante tutti i suoi sforzi per trattenerle.

Indispettita, distoglie lo sguardo. È ora di scuotersi, dice a se stessa, di pensare ad altro. Le cose da fare non le mancano, ha soltanto due giorni per scrivere la nuova puntata della Fairy Queen. A passi decisi raggiunge la scrivania, si siede, accende il computer, ma quando il programma di videoscrittura le mette a disposizione una pagina bianca rimane a lungo a fissarla soprappensiero, senza riuscire a battere sui tasti una sola parola.

Dopo averlo baciato, scrive infine, *Cindy aprí gli occhi per guardare Mr. Frog. Ma quale fu la sua meraviglia...* Sí, davvero: quale fu la sua meraviglia. Ripete a mezza voce quelle parole, e non sa piú come proseguire. Le seleziona con il mouse, le cancella. Ora la pagina è di nuovo bianca e rischia di rimanere tale, poiché nessun lampo di ispirazione viene in aiuto a Sabrina per immaginare il seguito della storia.

Dopo averlo baciato Cindy aprí dunque gli occhi, e indovina un po' che cosa vide?

Già, che cosa vide? Un principe, un ranocchio, un incrocio tra i due, o qualche altra creatura, fatata o mostruosa, nella quale Mr. Frog si è nel frattempo trasformato grazie al suo bacio?

Sabrina si sente del tutto incapace di dare una risposta: ha le idee confuse, e non riesce a chiarirsele neppure dopo essere stata in cucina e aver bevuto una seconda tazza di caffè.

Quasi suo malgrado si avvicina alla finestra e guarda fuori attraverso i vetri. Guarda verso l'alto, allunga il collo per scorgere il quinto piano della scala A, ma vede soltanto una finestra chiusa, assurdamente identica a tutte le altre. Poi, osservando con maggiore attenzione, ha l'impressione di distinguere un'ombra dietro quella finestra, qualcuno che guarda fuori, proprio come lei, forse verso il terzo piano della scala C.

– E con ciò? – dice a voce alta voltandosi di scatto verso l'interno dell'appartamento. – Che guardi pure, per quel che me ne importa –. E torna alla scrivania, tentando ancora di spremere qualche goccia dalla sua vena creativa oggi cosí asciutta. Dopo aver riflettuto a lungo cancella la frase che aveva scritto; poi, con un sospiro rassegnato:

Lasciamoli in pace per ora, Cindy e Mr. Frog, ancora tutti assorti nel loro bacio, e andiamo a vedere cosa stanno combinando nel frattempo i due terribili micini Pissy e Pussy. È stata davvero una bella imprudenza da parte di Cindy dimenticarsi di chiudere la porta della cucina!

CAPITOLO TRENTADUESIMO

Era già sera quando Sabrina sentí suonare il campanello. Andò ad aprire e si trovò davanti Max che chinava su di lei uno sguardo cautamente interrogativo.

– Posso entrare?

Per tutta risposta, lei gli indicò con un cenno indifferente la direzione del soggiorno.

– Sai, – disse Max quando fu nella stanza, – questa mattina, andandomene, ho dimenticato qualcosa.

– Io non ho trovato nulla.

– Ho dimenticato di inginocchiarmi. Ti ricordi? Dovevo chiederti perdono.

– E non l'hai già fatto?

– Non abbastanza. Pensi che la moquette vada bene o dovrei cercare un pavimento piú duro?

Suo malgrado, Sabrina fu costretta a sorridere. – Ho delle bellissime mattonelle, in cucina.

– Allora sono perdonato? – domandò lui ricambiando il sorriso.

– Sei cosí buffo che è difficile serbarti rancore. E poi stamattina non eri in te, chissà cosa ti aveva preso.

– Già, chissà cosa. Ma sono felice che possiamo rimanere amici.

Da quelle parole Sabrina comprese che la loro riconciliazione avrebbe dovuto fondarsi sul completo oblio di quanto era accaduto la notte precedente. Del resto era meglio cosí, anche per lei: non le avrebbe certo fatto del bene fidanzarsi con un tipo strampalato come Max.

Forse per sfuggire a qualunque tentazione del genere, quasi subito decisero di uscire. Andarono al cinema a vedere una commedia brillante: entrambi avevano bisogno di ridere, e risero insieme, scambiandosi commenti esilarati a ogni gag dotata di una sia pur pallida comicità. Solo durante le scene erotiche evitavano di guardarsi, e fissavano lo schermo mantenendo un silenzio impacciato.

– Divertente, vero? – disse Max mentre uscivano dal cinema.

– Molto divertente. Peccato però che alla fine non si siano sposati.

– Ma per loro andava benissimo cosí.

– Sí, hai ragione.

– E poi era un film comico, non una storia d'amore.

– Dio ci scampi dalle storie d'amore, sono talmente banali... – mentí Sabrina, per la quale in realtà un film non poteva dirsi davvero bello se alla fine lui e lei non si scambiavano in termini piú o meno espliciti la promessa di vivere sempre insieme felici e contenti.

Andarono a cena nella loro pizzeria preferita, dove Max si accontentò di bere un solo boccale di birra. Sabrina lo osservava meravigliata: non l'aveva mai visto cosí sereno, addirittura gioviale, di una gaiezza sfrenata e un po' infantile che contrastava piacevolmente con la sua abituale introversione. Rideva di continuo, e faceva ridere Sabrina con scherzi e battute di ogni genere, come se volesse sostituire l'intero cast della commedia brillante.

– Sei allegro, stasera.

– Sto cosí bene, Sabrina... Sai, mi sono tolto un gran peso dal cuore.

Lei si domandò a cosa si riferisse. Probabilmente alla loro

riconciliazione, al fatto che nonostante tutto erano riusciti a rimanere amici.

– Me lo sono tolta anch'io. Mi sarebbe dispiaciuto che tu scomparissi dalla mia vita.

– Invece ci sono entrato veramente soltanto adesso. Adesso, vedi, posso finalmente guardarti in faccia, posso guardarti negli occhi, che tra parentesi sono magnifici...

– Vuoi farmi di nuovo la corte?

– Di nuovo? Spero di non avertela mai fatta. No, a una bassezza simile non mi sono mai spinto. Ma lasciamo perdere: è una serata cosí bella, e non dobbiamo guastarla.

Sabrina era perplessa. Perché «soltanto adesso»? Che cosa era cambiato tra loro? Le tornò alla mente quella strana frase, «non intendo piú farlo», che Max aveva pronunciato con tanta solennità al tavolo della colazione, ma non ebbe il tempo di rifletterci, perché lui cambiò subito discorso. Parlava un po' di tutto, mai però di argomenti noiosi. Arrivò addirittura a raccontare della sua infanzia, di un cane che gli era stato regalato e al quale aveva dato il nome di Boby.

– Boby? Io avevo un orsacchiotto che si chiamava proprio cosí. Non un orso vero, naturalmente...

E colsero persino quello spunto tanto modesto per ridere di nuovo, gustando la loro allegria sino all'ultima goccia.

– È la prima volta che mi parli di te.

– Questo non è del tutto vero, Sabrina. E poi non stavo parlando di me, ma di Boby, che è un personaggio molto piú interessante.

– Non ne dubito: gli animali sono sempre piú interessanti di noi. Forse perché stanno zitti.

– È un suggerimento?

Questa volta il loro riso fu stroncato sul nascere dall'arrivo del cameriere che portava su un piattino l'inevitabile foglietto ripiegato. Max pagò in contanti (come sempre, del resto: Sabrina non l'aveva mai visto adoperare una carta di credito) e lasciò sulla tavola qualche soldo di mancia, cosa che a lei sembrò alquanto fuori luogo in un locale del genere, dove il personale trattava la clientela su un piede di assoluta parità.

Quando furono all'aperto Sabrina trasse un profondo respiro. – Aria di neve. Vedrai che per Natale arriva.

– Ho i miei dubbi, – replicò Max prendendola sottobraccio e avviandosi con lei verso casa. Eppure quella notte il cielo era singolarmente limpido, come se il vento gelido che lei immaginava provenire dalle lontane montagne avesse soffiato via dalla città ogni traccia di polvere, e le ghirlande di luci che già adornavano le strade in previsione delle feste splendevano vivide e nette, non diluite come al solito in un vago alone nebuloso. In una notte simile non era difficile pensare ottimista.

– Arriva, ti dico: che Natale sarebbe, senza la neve?

– Un Natale come tutti gli altri, da parecchi anni a questa parte.

– A proposito, ricordati che il 21 devi accompagnarmi al party della Desire.

Ci fu un breve silenzio prima che Max rispondesse. – No, Sabrina. Non ci verrò.

– Come sarebbe? – fece lei fermandosi di colpo. – Non avevi già accettato l'invito?

– Ho cambiato idea.

«Ecco, – pensò Sabrina, – ha trovato il modo di rovinare tutto ancora una volta». Si staccò dal suo braccio e riprese a camminare. – Se hai cambiato idea, naturalmente non posso costringerti. Decidi pure di testa tua, non farti scrupolo di mettere gli altri in difficoltà...

– Gli altri? Quali altri?

– Me, per esempio. Si aspettano tutti di vederci arrivare insieme, dovrò inventare una scusa per giustificare la tua assenza.

– Dirai semplicemente che avevo un impegno.

– Eh, già, il signore aveva un impegno: dopo che il capo era stato cosí gentile da invitarlo, da spalancare a un estraneo le porte della Desire...

– Con la Desire non intendo avere piú niente a che fare. È meglio cosí, credimi, molto meglio per tutti.

– Non ho nessuna voglia di litigare di nuovo, ma se tu sapessi quanto trovo irritante questo atteggiamento...

– Quale atteggiamento?

– Il tuo giocare all'uomo del mistero. Forse speri di renderti interessante, invece sei soltanto infantile.

Si aspettava che Max replicasse, ma lui non disse nulla. Continuò per un poco a camminargli accanto imbronciata, infilando le mani nelle tasche del cappotto, perché ora il freddo le sembrava all'improvviso insopportabile; poi decise di fare un altro tentativo.

– Se te lo chiedessi per favore?

– Che importanza ha, Sabrina? Perché ci tieni tanto?

– Se ha cosí poca importanza, non vedo cosa ti costerebbe accontentarmi.

– Quel posto non mi piace. Anzi, mi ripugna profondamente.

– Eppure ci venivi volentieri.

– Sí, ci venivo, ma adesso è diverso.

– Come non detto. Per una volta che ti chiedo un piacere...

Max sospirò. – D'accordo, se è per farti un piacere... Però è l'ultima volta che ci metto piede, siamo intesi? Poi continuerò ad accompagnarti, se vuoi, e a venirti a prendere, ma ti aspetterò fuori, davanti al portone.

– Sotto la neve?

– Quest'anno non nevica: scommettiamo?

Sorridendo, Sabrina tornò ad appoggiarsi al suo braccio.

CAPITOLO TRENTATREESIMO

Che delusione, per Cindy, scoprire che il suo bacio non era riuscito a trasformare Mr. Frog in un principe! «Qualcosa non ha funzionato, – pensò, – ma non so proprio che cosa».

E non lo so neanch'io, lo confesso, però posso dirti che la nostra eroina non si sarebbe trovata cosí a mal partito se prima di mettersi all'opera per spezzare l'incantesimo della strega avesse consultato *Arcana* (link), il piú completo manuale di magia bianca e nera, disponibile in dvd, e-book e anche in versione cartacea.

Comunque si consolò molto presto: in fondo Mr. Frog era simpaticissimo anche come ranocchio, soprattutto da quando aveva sgombrato il suo vecchio castello in riva allo stagno da muffe e ragnatele e aveva estirpato le canne per far entrare la luce del sole. Da allora era diventato proprio un allegro compagno, di cui Cindy avrebbe forse sentito la mancanza se l'effetto del suo bacio fosse stato quello previsto. Senza contare che di principi lei ne aveva già uno, il piú fantastico di tutti, e non era certo disposta a cambiarlo con il primo ex ranocchio che compariva sulla sua strada!

Cosí, mentre Pussy e Pissy finivano con comodo di devastare la cucina, Cindy si mise di buzzo buono per consolare Mr. Frog.

– Coraggio, non è mica la fine del mondo! E poi, di principi ce ne sono fin troppi, ma di ranocchi carini come te non ne conosco altri.

– Davvero mi trovi carino? – fece lui asciugandosi le lacrime dai grossi occhioni sporgenti.

– Sicuro, specialmente quando ridi.

– Allora fammi il solletico, ti prego!

E Cindy gli fece il solletico, e il trattamento fu cosí efficace che Mr. Frog si mise non a ridere, ma addirittura a sghignazzare, contorcendosi tutto, spiccando grandi balzi da un angolo all'altro della stanza. Poi però si fermò all'improvviso e rivolse di nuovo a Cindy uno sguardo perplesso.

– Eppure non sono allegro, sento ancora che mi manca qualcosa.

– È naturale: ti manca la tua dose quotidiana di cioccolato Niggerblack (link).

– Ecco cos'è: una crisi di astinenza! Oh, Cindy, ti prego, dammene subito una tavoletta!

– Due, se vuoi. Il cioccolato Niggerblack (link) è anche la mia passione, lo adoro in tutte le varietà: bianco, al latte e fondente. A proposito, hai visto che meraviglia le nuove confezioni natalizie? Io so già a chi ne regalerò una gigante, – aggiunse con un sospiro, perché stava pensando al suo principe. Ma in quel momento decise che anche a Mr. Frog ne avrebbe fatta trovare una sotto l'albero, la mattina di Natale.

CAPITOLO TRENTAQUATTRESIMO

Nella brutta stagione (per usare un'espressione che lí dentro non aveva diritto di cittadinanza) il *roof garden* della Desire veniva in gran parte chiuso grazie a un sistema di vetrate scorrevoli e trasformato in un'enorme veranda, dove in occasioni speciali si organizzavano feste e ricevimenti. Il Natale era appunto un'occasione del genere, e anche quest'anno veniva celebrato qualche giorno prima con un party pomeridiano al quale erano invitati tutti i dipendenti e i collaboratori dell'azienda. L'invernale cupezza del cielo che si affacciava attraverso le pareti di vetro era ampiamente compensata da una profusione di ghirlande, festoni e luci variopinte; tutt'intorno alla veranda, tuie e abeti esibivano gli addobbi piú sontuosi, e anche all'interno si era provveduto ad allestire un albero di Natale, sormontato da una grande stella d'oro con impresso il marchio della Desire.

Ma a entusiasmare gli invitati era soprattutto il presepe. Ai pastori e ai re magi erano stati affiancati personaggi piú attuali, molti dei quali, anziché a piedi o a dorso di cammello, si avviavano verso la grotta in automobile, in bicicletta o addirittura in aereo, e tra questi personaggi non mancavano i beniamini di ogni visitatore del sito, da Sister Betty alla Fairy Queen, trasformati per l'occasione in simpatici pupazzetti di plastica. Nella grotta, invece, tutto era rigorosamente tradizionale: Giuseppe stava in piedi nella lunga veste bruna, Maria sedeva accanto al bambino avvolta nel suo velo azzurro, mentre il piccolo Gesú, costretto dalle esigenze aziendali a nascere con tre giorni d'anticipo, riposava beato tra la paglia della mangiatoia, e ciascuno degli abitanti, eccezion fatta per il bue e l'asinello, portava sulla testa una bella aureola d'oro.

– Che meraviglia, – mormorò Sabrina contemplando il presepe con gli occhi socchiusi. In quel momento però si accorse che qualcuno le si era avvicinato alle spalle, e voltandosi vide il maestro. A un primo sguardo le parve che il suo umore fosse un po' migliorato: le sorrise, e annuí leggermente quando lei ripeté a voce piú alta: – Che meraviglia.

– Sí, non c'è male.

– Non c'è male? È semplicemente fantastico! Ha notato che c'è persino la Fairy Queen, con tanto di uccellini appollaiati sui capelli?

– Sí, cara, l'ho notato: davvero un pensiero gentile nei suoi riguardi.

– Non soltanto nei miei. Se osserva attentamente, scoprirà sparpagliati qua e là tutti i personaggi della Desire.

– Salvo il vecchio Beethoven, suppongo, – replicò il maestro, – ma in fondo è naturale che sia cosí. Il poveretto non è mai riuscito a inserirsi, a diventare a pieno titolo un personaggio della Desire: troppo noioso, forse, troppo antiquato... Non c'è da stupirsi che abbiano finito col metterlo alla porta.

Sabrina non sapeva come accogliere quello scherzo amaro. Decise che la cosa migliore era cambiare argomento, e richiamò l'attenzione del maestro sul Bambin Gesú.

– Ha visto che braccini, che gambette? Viene proprio voglia di coccolarlo, come un bambino vero.

– Ma un po' fuori posto, non trova? Forse ancora piú di Beethoven.

– Fuori posto? In un presepe?

– In questo presepe. Dopo tutto, mia cara, che c'entra Gesú Cristo con la Desire?

Sorrise di nuovo, ma gli occhi smentivano il sorriso. Sabrina non li aveva mai visti cosí: esprimevano una disperazione tumultuosa, quasi euforica, del tutto diversa dalla sua abituale malinconia, e insieme una strana collera, sentimento che lei aveva sempre ritenuto estraneo al carattere del maestro. Preoccupata, gli posò gentilmente una mano sul braccio, e lo sentí tremare.

– Ora basta, maestro: il presepe l'abbiamo guardato abbastanza. Che ne direbbe di andare a prendere qualcosa da bere?

– Grazie, preferisco di no.

– Eppure un goccetto le farebbe bene.

– Male non potrebbe farmene di sicuro, ma preferisco di no. Vada lei, e perdoni la scortesia: oggi sento proprio il bisogno di restare solo.

– Comunque, spero che ci rivedremo ancora prima che la festa finisca. Se non altro per augurarci buon Natale.

Con dolcezza il maestro staccò dal proprio braccio la mano di Sabrina e se la portò alle labbra, che la sfiorarono appena nell'accenno di un bacio. Poi la lasciò ricadere.

– Allora a piú tardi

– A piú tardi, mia cara.

Sabrina si allontanò domandandosi perché mai, se sentiva il bisogno di restare solo, il maestro avesse deciso di venire alla festa. Doveva esserci un certo annebbiamento nel suo cervello, o forse, prima che si incontrassero, quello scriteriato vecchietto aveva già cercato conforto in un paio di bicchieri. Sí, doveva essere un po' brillo, altrimenti non le avrebbe baciato la mano, e soprattutto non si sarebbe lasciato andare a dire quelle sciocchezze a proposito di Beethoven e di Gesú Cristo.

Nei pressi del buffet ritrovò Max, che aveva perso di vista entrando.

– Eccoti qui, finalmente. Sei già stato a vedere il presepe?

– No, non ci sono stato.

– Ma devi assolutamente vederlo: ci sono tante di quelle figurine una piú bella dell'altra, compresa la Fairy Queen, e un

Bambin Gesú cosí roseo e paffuto che viene proprio voglia di mangiarselo.

– Sí, me l'immagino: suppongo che i Bambini Gesú siano sempre cosí, rosei e paffuti, in tutti i presepi del mondo. Una forma invidiabile, per un povero Cristo nato in una grotta.

Sabrina scosse la testa. – Ancora un po' e mi domanderai cosa c'entra Gesú Cristo con la Desire.

– È un'ottima domanda: come ti è venuta in mente?

– Su, non fare il guastafeste! Una volta tanto potresti cercare di divertirti anche tu.

– D'accordo, verrò a vedere il presepe e ti prometto che mi piacerà moltissimo. Ma prima lascia che prenda due coppe di spumante, per te e per me: dopo tutto, fa parte anche quello del divertimento.

– Non è spumante, caro, è champagne. Cosa credi, la Desire non si accontenta certo delle imitazioni. Le piace viziarli, i suoi collaboratori.

– Grazie di avermelo detto, cosí potrò berlo con il rispetto che merita.

Non era facile, però, raggiungere il banco del buffet, davanti al quale era perennemente assiepata una schiera di collaboratori impazienti di farsi viziare a champagne da due compunti camerieri in giacca bianca. Max e Sabrina erano sul punto di rinunciare, quando la folla cominciò rapidamente a disperdersi: il capo aveva fatto la sua comparsa, accompagnato da Lavinia, e tutti stavano dirigendosi verso di loro abbandonando senza apparenti rimpianti camerieri e buffet.

– Vieni, andiamo anche noi a salutare, – disse Sabrina tirando Max per la manica.

– Non c'è fretta: possiamo aspettare con calma il nostro turno e intanto farci servire da bere.

Lei sospirò. – Hai ragione, in questo momento è assolutamente impossibile avvicinare il capo. Tanto vale consolarci con lo champagne.

– Sí, consoliamoci.

Si impadronirono dunque dei bicchieri e cominciarono a vuotarli, lentamente, quasi con solennità, consapevoli com'erano di star sorseggiando un vino pregiato. Poi, a poco a poco, presero confidenza, tanto che dopo qualche minuto Max dovette tornare al buffet per farsi riempire di nuovo il bicchiere. Sabrina intanto continuava a guardare verso il capo, sorridendo, nella speranza che lui la notasse tra una stretta di mano e l'altra e magari la invitasse con un cenno ad avvicinarsi. Ma non accadde niente del genere, anzi, il capo sembrava sempre piú irraggiungibile, e quando Max tornò i due decisero di comune accordo di andare prima a vedere il presepe.

Lungo il cammino costeggiarono le vetrate che davano verso la parte scoperta del *roof garden* e guardarono fuori. Alcuni ospiti erano usciti all'aperto per fumare una sigaretta o respirare una boccata d'aria, e passeggiavano a coppie o a piccoli gruppi conversando piacevolmente. In quell'andirivieni Sabrina scorse, immobile, la figura solitaria del maestro: stava di spalle, i gomiti appoggiati al parapetto, e a lei venne in mente quella lontana mattina di settembre, quando avevano ammirato insieme il panorama aspettando di essere ricevuti dal capo. Quante cose erano successe da allora, pensò lanciando a Max un'occhiata affettuosa. Ma quando si voltò di nuovo a guardare fuori, vide qualcosa di cosí strano, di cosí incomprensibile, che sulle prime la sua mente fu incapace di afferrarne il significato. Solo dopo qualche istante, strappata a quel suo stato di stupefazione da una serie di grida concitate, se ne rese conto: aveva visto il maestro sollevare una gamba, issarsi sul parapetto e lasciarsi cadere nel vuoto dall'altra parte.

Non riuscí a pensare nulla, nemmeno allora. Si accorse che Max le stava ancora vicino, pallidissimo, gli occhi fissi sulla vetrata; poi si sentí travolgere dalla marea degli invitati che le passava accanto per riversarsi sulla terrazza. Fu trascinata anche lei in quella direzione, e senza avere coscienza di muovere neppure un passo si ritrovò all'aperto, tra gli abeti e le tuie scintillanti di ghirlande colorate. Una densa barriera di schiene e teste la separava dal parapetto, voci stravolte, insolitamente acute, si mescolavano in un groviglio inestricabile, e tra esse Sabrina riconobbe quella del capo, amplificata da un altoparlante:

– Mantenete la calma, vi prego di mantenere la calma! È tutto okay, abbiamo già provveduto a chiamare un'ambulanza. Ripeto: è tutto okay... – E continuò a ripeterlo mentre dalla strada, sempre piú vicino, un suono stridulo e martellante confermava a quella folla inebetita l'arrivo dei soccorsi.

Quando finalmente Sabrina riuscí a raggiungere il parapetto, non c'era piú niente da vedere: solo un telo bianco steso sul marciapiede e un'ambulanza ferma, con la sirena spenta. Macchinalmente osservò che le dita della sua mano destra stringevano ancora lo stelo del bicchiere, ma lo champagne doveva essersi versato lungo il cammino. Posò il bicchiere vuoto accanto a sé, sul parapetto, e rimase affacciata per qualche istante; poi tornò dentro. Anche gli altri erano già rientrati quasi tutti e parlavano fitto tra loro scambiandosi commenti sull'accaduto. Le voci avevano ripreso il timbro normale. Sabrina si guardò intorno in cerca di Max, ma non lo vide; trovò invece il capo, intorno al quale si era già riformato il solito capannello.

– Chi avrebbe potuto immaginarlo? – stava dicendo. – Davvero una tragedia inaspettata.

– È morto sul colpo? – si informò qualcuno.

– Sí, sul colpo. È andato letteralmente in pezzi.

Un silenzio, poi si udí la voce di Deborah. – Però, – disse in un fremito d'indignazione, – sono cose che non si fanno.

– È vero, sono cose che non si fanno.

– Per riguardo agli altri, almeno. E poi, che diamine, proprio durante una festa di Natale...

Un coro di consensi accolse quelle parole.

Sabrina, che si era tenuta un po' in disparte, ora si allontanò del tutto. Improvvisamente si sentiva stremata, come se avesse compiuto un immenso sforzo fisico. Raggiunse il fondo della sala dove si lasciò cadere su un divano: davanti a lei il presepe esibiva ancora la sua magnificenza, la luce della cometa pulsava, le figurine animavano la scena con il loro festoso brulichio e la Madonna, al centro della grotta, chinava lo sguardo su un bambino roseo e paffuto.

CAPITOLO TRENTACINQUESIMO

Quella sera Sabrina era tornata a casa con un taxi. Glielo aveva chiamato Lavinia, che si era impietosita vedendola tutta sola su quel divano dopo che quasi tutti se n'erano andati. – Povera cara, – aveva detto, – dev'essere stato un bello choc anche per lei, – e da quel momento l'aveva presa sotto la sua protezione. Era andata a cercare Max, ma non trovandolo era tornata per sederle accanto sul divano; le aveva parlato a lungo, Sabrina non avrebbe saputo dire di che cosa, e quando infine si era resa conto che la ragazza stava per crollare aveva provveduto personalmente a metterla su un taxi.

Ma nemmeno adesso, mentre si spogliava per andare a letto, Sabrina riusciva a ripensare con gratitudine a tutto questo. Non pensava a nulla, provava soltanto una strana sensazione tra la gola e la bocca dello stomaco, e si convinse che presto avrebbe vomitato, perché al cinema aveva sempre visto i personaggi reagire cosí ai lutti che li colpivano. Invece non vomitò, ma scoppiò in lacrime, sul letto non ancora disfatto dove rimase a lungo abbracciando il gatto di peluche; e a poco a poco, con il pianto, venne anche la consapevolezza del dolore, un dolore che si approfondiva, che si estendeva man mano, come se nessuna linea di confine ben precisa separasse la morte del maestro da quella di suo fratello un anno prima e da altre pene ancora piú lontane e ancora piú segretamente custodite nelle pieghe della memoria.

Non avrebbe mai creduto che la scomparsa di quel vecchio

potesse turbarla tanto. Le pareva ancora di sentire sul dorso della mano il lieve, fuggevole contatto delle sue labbra avvizzite. Era stato un addio, ora se ne rendeva conto: un gesto di solenne commiato che il maestro le aveva rivolto, ma quasi di soppiatto, come se il pudore gli imponesse di nascondere a Sabrina la propria disperazione.

«Avrei dovuto essergli piú amica, comprenderlo meglio» si disse infilandosi sotto le coperte. Eppure era cosí difficile, e quasi impossibile adesso, dopo quel suicidio che aveva dimostrato in modo definitivo l'incapacità del maestro di adeguarsi all'ordine delle cose.

– L'ordine delle cose, – ripeté Sabrina a voce alta, e per la prima volta in vita sua si rese conto di non sapere che significasse esattamente quell'espressione. Era nell'ordine delle cose che il maestro finisse con lo scavalcare il parapetto e col gettarsi nel vuoto, come sarebbe stato nell'ordine delle cose che l'indomani gli spazzini venissero a ripulire il marciapiede (o era compito degli infermieri? o di chi?) e che alla Desire avesse inizio una nuova giornata di lavoro, uguale alle altre, salvo forse per qualche strascico dei commenti imbastiti già questa sera davanti al parapetto, e che fosse cosí per tutti: per il capo, per Lavinia, per tutti quegli uomini e quelle donne che avevano gridato sulla terrazza con voce incrinata e naturalmente anche per lei, che presto o tardi avrebbe pur smesso di piangere.

Era ben duro, l'ordine delle cose, se davvero comportava queste conseguenze. E a un tratto provò la tentazione di ribellarsi, di ostinarsi nella sua pietà, come quell'antica regina di cui aveva letto da qualche parte, che sino al termine dei suoi giorni aveva vagato di terra in terra trascinandosi appresso la bara dello sposo. Inconsolabile, come i superstiti hanno l'abitudine di definirsi negli annunci mortuari.

CAPITOLO TRENTASEIESIMO

Oggi siamo tutti un po' piú tristi alla Desire, perché abbiamo perduto il nostro caro amico e collaboratore Bruno Schultz. Il suo nome probabilmente non vi dice nulla, ma quelli di voi che hanno visitato la pagina *Caro Beethoven* lo ricorderanno come il maestro Doremí, il melomane piú pazzo del mondo.

Dopo gli studi al conservatorio e una lunga carriera di professore d'orchestra, alla fine del decennio scorso il maestro era stato accolto dalla Desire nella grande e affiatata famiglia dei suoi collaboratori. Con lui se ne è andato davvero un pezzetto della nostra storia!

I funerali, interamente organizzati dalla Desire e sponsorizzati dalla prestigiosa casa discografica L'Armonia delle Sfere (link), partiranno dall'obitorio cittadino domattina alle 9.30. Trasporto e addobbi funebri saranno a cura dell'impresa Requiescant (link).

Ciao, maestro, e che lassú gli angeli possano cantarti tutti i tuoi pezzi preferiti!

CAPITOLO TRENTASETTESIMO

Un applauso cordiale salutò la comparsa della bara, mentre l'impianto stereo installato sul carro funebre diffondeva a tutto volume il pezzo preferito del maestro: L'*Ode alla gioia* dalla Nona Sinfonia di Beethoven, naturalmente nella prestigiosa edizione incisa dalla casa discografica L'Armonia delle Sfere. Anche Sabrina applaudí, confusa nella piccola folla di collaboratori e dipendenti della Desire che costituiva, insieme con il capo e Lavinia, tutto il pubblico presente alla cerimonia.

A quanto sembrava il maestro non aveva né parenti né amici, o forse la coincidenza della sua morte con le feste natalizie aveva impedito a quei pochi che lo conoscevano di partecipare ai funerali. La squadra della Desire in compenso era intervenuta al completo, come faceva in qualsiasi riunione aziendale, e dopo la bara tutti applaudirono con calore il breve, commovente discorso tenuto accanto a essa dal capo: poche parole, ma efficaci, che misero abilmente in luce le virtú del defunto tacendone i difetti. Anche al suicidio accennò appena, e solo per attribuirlo a non meglio precisati problemi personali; ricordò inoltre di sfuggita che il maestro, una decina d'anni prima, aveva perduto la moglie amatissima, e che da quel colpo non si era mai piú ripreso completamente. Sabrina non ne sapeva nulla e non riuscí a credere che un simile antefatto, per quanto tragico, potesse contribuire a spiegare il gesto del maestro, ma tutti gli altri annuirono con gravità per dimostrare che l'allusione non era andata sprecata.

Al termine del discorso, dagli altoparlanti montati sul carro funebre tornarono a diffondersi le note della Nona Sinfonia e quattro tra i collaboratori piú robusti, capitanati dal famoso disc jockey Rudy Fox, sollevarono agilmente la bara mentre il pubblico si faceva da parte per aprirle un varco. Sabrina si guardò intorno: vedeva soltanto facce conosciute, nemmeno un possibile visitatore di *Caro Beethoven* che fosse venuto a rendere al maestro l'estremo omaggio. Insomma, un vero flop, un brutto colpo per la casa discografica che aveva sponsorizzato i funerali, ma anche una conferma, se mai ce ne fosse stato bisogno, del fatto che quella pagina andava davvero abolita e che il capo aveva agito con saggezza, come sua abitudine.

Vide Deborah che si asciugava le lacrime, sfoggiando per l'occasione un vestito nero piú intonato a una serata in discoteca che a una cerimonia funebre, e Lavinia piú elegante che mai, non in nero, certo per evitare qualsiasi ostentazione, ma con indosso una sapiente combinazione di tinte spente che oltre a intonarsi alla circostanza metteva in risalto la sua abbronzatura, frutto dei molti weekend già trascorsi in montagna. Solo dopo qualche tempo, quando la bara era già stata caricata sul furgone, si accorse della presenza di Max: stava in disparte vicino all'ingresso dell'obitorio, e a Sabrina parve ancora pallido come quella sera davanti alla vetrata. Quando il gruppetto dei dolenti cominciò a disperdersi gli si avvicinò.

– Chi non muore si rivede, – disse in tono disinvolto, ma poi arrossí rendendosi conto che non era la frase piú opportuna da pronunciarsi a un funerale.

– Come stai, Sabrina?

– Bene, grazie. Ho passato qualche brutto momento, ma adesso è tutto okay.

Non era completamente vero: in realtà Sabrina si era svegliata piangendo anche quella notte, piú di una volta, e ancora non riusciva a togliersi dalla mente l'immagine del maestro che la tratteneva per un braccio quando lei si era sporta dal parapetto del *roof garden*. Ora però, in pieno giorno, circondata com'era da dirigenti e collaboratori della Desire, si vergognava della sua debolezza, della sua improvvisa incapacità di pensare ottimista, e per nulla al mondo l'avrebbe confessata proprio a Max, colpevole di averla abbandonata la sera della disgrazia.

– È tutto okay, – ripeté. – E tu? Si può sapere dov'eri sparito?

– Dopo quel che è successo, non me la sono sentita di rimanere.

– E cosí mi hai piantata in asso.

– Scusami, ma ero talmente sconvolto... Mi è passato di mente che dovevo occuparmi di te.

– Di me si è occupato qualcun altro, e in fin dei conti non avevi l'obbligo di farmi da balia. Però ti ho cercato ancora, ieri mattina, sono venuta a suonare il tuo campanello.

– Non ero in casa. Sono stato fuori tutto il giorno, girando qua e là senza una meta precisa.

– Sempre sconvolto? Eppure lo conoscevi appena... Cosa dovrei dire io, allora, che con lui ero quasi in rapporti di amicizia? Ma immagino che ti abbia fatto impressione il modo in cui è morto.

– A te no?

– Sí, è stato terribile: ho ancora la scena davanti agli occhi.

Seguirono con lo sguardo il furgone che si stava allontanando, finché ne furono distolti dalla voce del capo. Si era avvicinato senza che se ne accorgessero, e ora salutava i due ragazzi battendo loro sulle spalle piccole pacche incoraggianti.

– Che ve ne pare? Piaciuta la cerimonia?

– Bellissima, – rispose lei, – il maestro ne sarebbe stato contento.

– È quel che spero. Sapete, è la prima volta che alla Desire perdiamo un collaboratore. E in quel modo, poi...

– Ne stavamo appunto parlando, – disse Sabrina.

– Però non state a rimuginarci troppo, ragazzi, se posso darvi un consiglio: in questi casi, prima si volta pagina e meglio è.

Quanto a lei, Max, sono desolato di averla fatta assistere a una scena del genere, ma spero che non ce ne vorrà e che in avvenire ci concederà ancora il piacere di averla con noi. Di solito il suicidio non è contemplato nel programma delle nostre feste, glielo garantisco.

Max lo fissava in silenzio, senza dar segno di apprezzare la battuta.

– Dopo tutto, non è stata colpa nostra, – aggiunse il capo in tono piú brusco.

– Già, – disse Max. – Non è stata colpa vostra.

– Allora... grazie di essere venuti. E buon Natale, naturalmente: spero che non vi lascerete rovinare le feste da questo sciagurato episodio.

CAPITOLO TRENTOTTESIMO

Che emozione galoppare sulla neve, e per giunta sulla slitta di Babbo Natale! Cindy si teneva aggrappata alla sua manica, perché quelle renne filavano veloci come il vento. Sembrava che ai piedi invece degli zoccoli avessero addirittura le ali, tanto che dopo dieci minuti la slitta aveva già completato il giro del Circolo Polare Artico.

– Piaciuta la gita, Cindy? – domandò Babbo Natale tirando finalmente le redini, e anche le renne si voltarono tutte verso di lei per farle la stessa domanda.

– Sí, grazie, mi sono divertita come una pazza: vorrei che tutti i bambini del mondo potessero vivere un'avventura cosí entusiasmante!

– Ma *possono*, Cindy! – disse il buon vecchio scuotendo energicamente la testa per scrollar via la neve dalla barba. – Basta che si colleghino al sito www.stclaus.com (link) e vedranno esattamente quello che hai visto tu. Ho proprio una gran voglia di prenderli tutti con me, sulla mia slitta...

Cindy si guardava intorno: era davvero un panorama mozzafiato, con quel mare di cristallo sotto la cui superficie guizzavano riflessi smeraldini, con quei candidi isolotti che spuntavano qua e là, popolati di orsi e di foche, per non parlare delle aurore boreali, cosí fantastiche che chi non le conosce non se le può neppure immaginare. E infatti Cindy non immaginava che il cielo potesse accendersi di colori simili, verde, giallo e porpora, che spesso assumevano la forma di fiocchi, di drappi o di lunghi nastri serpeggianti. Tanta neve, poi, non l'aveva proprio mai vista, almeno non tutta insieme.

– È una gran bella cosa, la neve!

– Certo, Cindy, soprattutto se si è ben attrezzati per affrontarla. Io per esempio in questa stagione non metto mai piede fuori di casa se prima, in quello stesso piede e nel suo compagno, non ho infilato un buon paio di scarponi Ultraski (link). Li ho comprati anche per le mie renne che da allora, devo riconoscerlo, superano addirittura se stesse nel muoversi con agilità su qualunque terreno.

– Ce li ho anch'io, gli scarponi Ultraski (link). Cosa credi? Non sono mica nata ieri!

– Brava, Cindy, mi congratulo con te: sei davvero una donnina giudiziosa. Però scommetto che non sai niente dei guanti imbottiti Far North (link).

– E come no? Sono l'ideale per sciare. È fondamentale tenere le mani bene al caldo.

– Decisamente non hai nulla da imparare, – disse Babbo Natale. Persino le renne la guardavano con ammirazione: una ragazza cosí ben informata non l'avevano conosciuta mai.

– Ma è piuttosto tardi, Cindy, e mi sembra di ricordare che dovevamo fare qualcosa questa notte. Qualcosa di molto importante.

– Già, chissà che cos'era? Anch'io non riesco piú a ricordarmene, sarà stato per via delle vertigini, di tutto quel nostro girare e girare intorno al Circolo Polare Artico... Ti confesso che ho perso completamente la bussola.

– Eppure *dobbiamo* ricordarcene! Mi sa che era proprio una cosa importante.

E rimasero a lungo a ponzarci sopra, grattandosi la testa. Le renne si sforzavano di venire in aiuto, ma anche a loro quella lunga galoppata aveva confuso la memoria. – Andare a giocare con le foche? Mangiare una doppia porzione di licheni? O forse è ora che il padrone vada a bersi il suo bicchierino di grog?

– Ma no, bestia che sono! – esclamò infine il vecchio battendosi una gran manata sulla fronte. – È Natale, ecco la cosa importante! È Natale, e dobbiamo distribuire i regali a tutti i bambini di tutto il mondo!

CAPITOLO TRENTANOVESIMO

– Pensa, – disse Sabrina socchiudendo gli occhi con aria sognante, – a quest'ora il capo e Lavinia saranno nel loro lussuoso chalet fotografato da tutte le riviste di arredamento, a duemila metri, in mezzo ai campi da sci. Avranno acceso il fuoco nel camino del soggiorno (una stanza enorme, stupenda, io non ci sono mai stata ma ho visto le fotografie) e staranno bevendo insieme l'aperitivo, proprio come facciamo noi. Solo che loro, invece del cortile, hanno davanti lo spettacolo delle montagne...

Max si alzò e andò a versarsi un altro bicchiere. – Hai finito? – disse poi tornando verso di lei.

– Che c'è, sei per caso invidioso?

– Invidioso?

– Be', sarebbe assurdo non invidiarli. L'invidia è un sentimento naturale, addirittura prezioso per chi vuole far strada. Altrimenti ciascuno si accontenterebbe di quello che ha, e il mondo non andrebbe piú avanti.

– Io però non invidio nessuno, non è questo il punto. E non credo che sarebbe un gran male se il mondo non andasse piú avanti.

– Ti sbagli di grosso, Max.

– Avanti dove, poi? Non te lo sei mai chiesto? A un certo punto non resta che scavalcare il parapetto e buttarsi dall'altra parte, nel vuoto.

Sabrina cominciava a pentirsi di averlo invitato. – Almeno oggi non vorrei pensarci. Almeno oggi che è Natale.

– E a cosa vorresti pensare? Alla casa di montagna del capo?

– È già piú allegro, come argomento. Fa vedere che la vita ha lati brutti, ma anche lati belli, almeno per chi è abbastanza fortunato da poterne godere. E poi non c'è bisogno di essere miliardari per andare in montagna: ci sarei andata anch'io, se avessi avuto meno da fare, in un certo alberghetto che conosco proprio nella stessa zona. Ma lunedí la Desire riapre i battenti e io devo consegnare la nuova puntata della Fairy Queen.

– Davvero hai ancora voglia di scriverle, quelle favolette?

Sabrina tacque. Per rispondere sinceramente avrebbe dovuto dire: «Non molta». Anche la scorsa puntata aveva faticato a portarla a termine, perché l'immagine sorridente di Babbo Natale, con le sue renne e la sua barba bianca, continuava a riportarle alla mente per contrasto quella di un altro vecchio, sfracellato sull'asfalto ai piedi di un edificio dalle grandi vetrate. Già: l'ordine delle cose...

– Almeno oggi, non vorrei pensarci, – ripeté. – Se andassimo a cena fuori?

– La sera di Natale? Senza aver prenotato?

– Non farla cosí difficile, Max: siamo soltanto in due, un buco dovremo pur trovarlo.

Lo trovarono, infatti, ma non senza fatica. Sbarcati dalla metropolitana vagarono a lungo per le vie del centro, ammirando i ricchi addobbi natalizi e schivando i mendicanti che tendevano le mani verso di loro. Ogni volta che si imbattevano in un ristorante dall'aria non troppo costosa entravano a domandare se c'era posto, e finalmente, quando già stavano per rassegnarsi a tornare a casa, furono accolti in un locale che, oltre a disporre di un tavolo per due, aveva il dubbio pregio di offrire ai suoi clienti il piú vasto assortimento di hamburger della città.

Anche qui un grosso abete adorno di ghirlande svettava fra i tavolini cromati, rammentando la nascita del figlio di Dio ai clienti che per avventura fossero cosí distratti da dimenticarsene. Niente caminetti accesi, naturalmente, niente vista sulle montagne innevate, ma in compenso attraverso le vetrate della sala si poteva tener d'occhio l'interminabile processione dei passanti che percorrevano il marciapiede dirigendosi verso i luoghi di svago prescelti. In un certo senso Sabrina ne fu confortata, come dalla presenza delle comitive che si assiepavano intorno agli altri tavoli: grazie a loro aveva l'illusione di trovarsi anche lei in una compagnia gaia e numerosa, anziché dover condividere con il solo Max quello che già si annunciava come il piú triste cenone natalizio della sua vita.

Il cameriere, con un lungo grembiule rosso sul quale campeggiava in lettere bianche la scritta *AUGURI!*, venne quasi subito a portare il menu. Ordinarono due hamburger con patate fritte.

– E da bere? Coca cola, birra, acqua minerale?

– Non avreste dello champagne? – domandò Sabrina, spinta dal desiderio di salvare il salvabile e dare a quella cena cosí banale almeno un tocco di lusso festivo.

– Madame Pompadour. Tre quarti di litro oppure mezza bottiglia.

– Tre quarti di litro, – decise Max.

Ma appena il cameriere se ne fu andato Sabrina si sentí assalire dal dubbio. – Che ne dici, andrà bene lo champagne con gli hamburger?

– Non è champagne, è spumante Madame Pompadour.

– Grazie di avermelo ricordato.

Quando portarono lo spumante Madame Pompadour, Sabrina sollevò il bicchiere per brindare. – Buon Natale.

– Sí, buon Natale.

Gli hamburger furono serviti rapidamente, con il ketchup e un abbondante contorno di patatine. Mentre mangiavano, l'impianto stereo del locale prese a diffondere ad altissimo volume un motivo che a Sabrina sembrò vagamente familiare.

– Che cos'è? Sono sicura di averlo già sentito.

– Certo che l'hai già sentito.

Lei posò la forchetta, si pulí le labbra con il tovagliolo di carta e si concentrò nell'ascolto, finché riconobbe in quelle note un brano della Nona Sinfonia: l'*Ode alla gioia*, per la precisione, nell'arrangiamento di un celebre complesso rock.

– Giusto questo ci mancava, – mormorò contrariata, sentendosi di nuovo sull'orlo del pianto. Già rivedeva davanti a sé la cassa di legno stranamente corta, coperta da una profusione di fiori, e il lustro furgone nero parcheggiato all'ingresso dell'obitorio; ma per fortuna, prima che quelle lugubri immagini potessero sopraffarla, la Nona di Beethoven in versione rock fu sostituita da un altro arrangiamento, questa volta di *Jingle Bells*, che pian piano risospinse i suoi pensieri verso cose piú allegre.

– Non l'avevo mai sentita cosí: vien quasi voglia di ballarla. A proposito, Max, tu sai ballare?

– Indovina un po'. Ti sembro il tipo che sa ballare?

– No, – ammise lei ridendo, – direi proprio di no. È un peccato, perché altrimenti avremmo potuto concludere la serata in qualche discoteca.

– Mi spiace di doverti dare questa delusione. Avresti potuto trovare una compagnia migliore per passare il Natale.

Pur essendo dello stesso parere, Sabrina negò energicamente. – Anzi, sono contenta di passarlo con te. Sei un po' orso, è vero, ma ormai ci ho fatto l'abitudine.

Quando il cameriere venne a prendere i piatti vuoti, ordinarono due porzioni di torta all'ananas Delice e un'altra bottiglia di Madame Pompadour: la prima era già finita, benché Sabrina non ne avesse bevuti piú di due bicchieri. Anche alla tendenza di Max ad alzare il gomito, del resto, aveva ormai fatto l'abitudine, le dispiaceva soltanto che l'ebbrezza non lo rendesse piú gaio e socievole, ma al contrario, lo sprofondasse quasi sempre in una malinconia taciturna. Anche adesso sembrava che il vino bevuto, invece di avvicinarli, avesse creato tra loro un'ulteriore distanza, che lei si sforzava invano di colmare con le risorse limitate della sua conversazione.

Un aiuto inatteso, o almeno un momentaneo sollievo, le venne dall'ingresso di un ragazzino cencioso, di quelli che si intrufolano nelle sale dei ristoranti per vendere fiori dall'aria quasi altrettanto malmessa. Questo, in particolare, vendeva rose, e quando se ne accorse Sabrina rivolse a Max un sorriso allusivo.

– Non ti ricorda niente?

– Sí, naturalmente mi ricorda qualcosa.

– In fondo è cominciato tutto cosí, non è vero? Intendo dire, la nostra amicizia. Chissà, probabilmente se non fosse stato per quelle rose...

– Se non fosse stato per quelle rose, avrei trovato un altro modo di far conoscenza.

– Eri proprio deciso?

– Sí, ero deciso. Ma se permetti, ora vorrei ricambiare il regalo.

– Grazie, è un pensiero gentile.

Con un cenno Max invitò il bambino ad avvicinarsi. Questi obbedí e tese verso di loro la cesta dove teneva ammassati i suoi mazzolini. Max ne scelse uno di rose rosse. – Mi sembra che queste vadano bene. Non so, io non me ne intendo.

– Sono perfette.

– Le avrei preferite bianche, – osservò lui dopo che il bambino, avuto quanto gli spettava, era passato al tavolo accanto. – Quella volta erano bianche.

– A una donna, però, fa ancora piú piacere ricevere un mazzo di rose rosse. Hanno un significato piú galante.

– Davvero?

– Non dirmi che non lo sapevi.

– No, non ne avevo la minima idea. In compenso ho imparato che le rose vanno sempre regalate in numero dispari, e queste sono proprio dispari, se non ho sbagliato a contarle.

La commosse scoprire che Max ricordava cosí bene i particolari piú insignificanti di quel loro primo incontro: la commosse a tal punto, che gli perdonò di aver scelto le rose rosse per pura ignoranza. Del resto sarebbe stato assurdo attendersi da un ragazzo cosí goffo e scontroso le attenzioni di un corteggiatore. Adesso per esempio sembrava essersi totalmente dimenticato del bel gesto che aveva appena compiuto: continuava a seguire con lo sguardo quello smunto bambino dall'aria sporca.

– Però non dovrebbero lasciarli entrare, secondo me, – disse lei a caso, solo per cercare di intromettersi nel chiuso colloquio che Max stava tenendo con se stesso. – Almeno quando sono cosí malvestiti.

Lui si riscosse e la fissò meravigliato. – La gente ben vestita, di solito, non ha bisogno di andare in giro per i ristoranti vendendo fiori. Non ti pare, Sabrina?

– Già, hai proprio ragione, ho detto una sciocchezza. Ma lo spettacolo della miseria è cosí penoso, cosí deprimente, che almeno quando si è a tavola non si ha nessuna voglia di trovarselo sotto gli occhi. È pretendere troppo voler mangiarsi un hamburger in santa pace?

– Se la pensi cosí, perché non chiedi al cameriere di buttare fuori quel bambino? Lo farebbe di sicuro, per compiacere una cliente.

– Ma io non gli chiederei mai di buttarlo fuori, dovresti conoscermi abbastanza per saperlo. Un conto è lamentarsi, esprimere le proprie opinioni...

– ... E un altro è avere il coraggio di assumersene fino in fondo le conseguenze. Se io la pensassi come te, mi alzerei e andrei a cacciar via quel bambino con le mie mani.

– Saresti cosí crudele?

– Non è questione di crudeltà, ma di coerenza. È l'ordine delle cose, Sab: è inutile che mi guardi cosí, non l'ho inventato io.

Sabrina scosse la testa. – Al diavolo l'ordine delle cose! Allora, secondo la tua logica, se non puoi soffrire una persona dovresti avere la coerenza di ammazzarla. Io, per esempio, adesso dovrei ammazzarti, perché quando parli cosí ti trovo davvero detestabile.

Max la guardò, poi si coprí per un attimo il volto con le mani. – Come siamo venuti su questo discorso? – disse infine.

– Per via delle rose.

– Già, le rose... Prendi qualcos'altro, Sabrina, oppure posso chiedere il conto?

CAPITOLO QUARANTESIMO

In piedi su una scala, Deborah sta smontando gli addobbi natalizi che per due settimane hanno ornato l'atrio della Desire. Stacca una per una le ghirlande argentate, i rami di vischio, le corone di sempreverdi al cui centro, su un cartiglio rosso, spicca in caratteri d'oro la scritta *MERRY CHRISTMAS*; di tanto in tanto, quando squilla il telefono, si interrompe e scende dalla scala per andare a rispondere. Questa mattina sono in molti a telefonare, sembra che dopo la pausa festiva tutti abbiano fretta di rituffarsi nel lavoro.

– Desire S.p.A., – dice con quel tono neutro e un po' altezzoso che le riesce cosí bene dopo anni di esercizio. – Sí, da oggi siamo di nuovo operativi, ma il capo non c'è ancora. Certo che è tornato, sarà qui alle nove e mezzo precise. Perché non prova a richiamare? Prego, si figuri.

E dopo aver riagganciato il ricevitore torna ad arrampicarsi sulla scala: è impaziente di finire entro le nove e mezzo, in modo che al capo, quando arriverà, l'atrio si presenti di nuovo nel suo sobrio, operoso aspetto dei giorni feriali.

Era proprio Max quello che ha visto sparire nella carrozza del metró, prima che le porte scorrevoli si richiudessero lasciandola a terra insieme con un piccolo gruppo di ritardatari? Dalla scala mobile Sabrina aveva creduto di riconoscerlo con assoluta certezza, ma ora, mentre aspetta il treno successivo, comincia ad avere qualche dubbio. Gli somigliava, è vero, come una goccia d'acqua somiglia a un'altra goccia: gli stessi movimenti un po' esitanti, la stessa figura alta e dinoccolata, e persino il colore del giaccone corrispondeva a quello dell'unica tenuta invernale posseduta da Max. D'altra parte, se stamattina doveva andare in centro anche lui, perché mai non si era offerto di accompagnarla? Forse voleva tener fede al suo proposito, piú volte ribadito, di non mettere piú piede negli uffici della Desire, ma anche in questo caso avrebbero potuto fare insieme almeno un pezzo di strada. No, probabilmente non era lui, conclude Sabrina, e sentendo il rombo del treno si avvicina con cautela al binario.

M. attraversa il parco a passi rapidi, senza guardarsi intorno. L'aria è tagliente, questa mattina, per scaldarsi alcuni vagabondi hanno acceso un fuoco su una di quelle brulle distese di terra dove in primavera spunta l'erba e che ora sono coperte soltanto da un pallido velo di brina. M. si volta appena quando sente il richiamo acuto di un fischietto, e prima di riprendere il cammino fa in tempo a vedere una squadra di vigili armati che corre verso il fuoco, lo spegne, disperde i vagabondi minacciandoli con il manganello. Come se all'improvviso sentisse piú freddo, M. si stringe nelle spalle e infila le mani nelle tasche del giaccone. – L'ordine delle cose, – mormora a mezza voce mentre si allontana.

A Sabrina non è mai piaciuto attraversare il parco da sola. Non le piace in primavera, figuriamoci d'inverno, quando appare cosí spoglio, cosí deserto, e non vi si incontrano ragazzini che giocano a palla, nonni con le carrozzine, sorridenti bambinaie dagli occhi a mandorla o dalla pelle color cioccolato, ma solo quelle presenze cenciose e poco rassicuranti che nemmeno il gelo sembra in grado di scacciare.

Sabrina ha un sobbalzo quando ne vede alcuni correre verso di lei, poi però si accorge che stanno fuggendo, inseguiti da una squadra di vigili. Vede passare sul viale le figure cenciose, poi quelle in divisa. È nell'ordine delle cose che i barboni vengano allontanati, pensa quando le figure sono scomparse oltre la curva, non si può certo permettere che invadano il parco; ma mentre prosegue per la sua strada sente nella bocca un sapore amaro.

M. è fermo sul marciapiede, davanti al palazzo della Desire. Osserva un punto dove l'asfalto è piú scuro, come se fosse stato steso di recente e non avesse ancora avuto il tempo di asciugare bene, poi alza gli occhi verso la folta vegetazione che sporge debordando dal parapetto del *roof garden*.

Quando entra nel palazzo il portiere lo saluta, ormai è abituato a vederlo andare e venire, e anche M. lo saluta macchinalmente, senza fermarsi. Preme i pulsanti di entrambi gli ascensori, sale sul primo che obbedisce alla sua chiamata, segue con impazienza il rapido mutare delle cifre luminose. Eccolo sul pianerottolo, davanti al dispositivo di identificazione che come sempre evita di guardare. La sua scampanellata è piú energica del solito, ma Deborah tarda qualche istante ad aprirgli: è appena scesa dalla scala, e in una mano regge ancora una corona con la scritta *MERRY CHRISTMAS* a caratteri d'oro.

– Potevi arrivare prima, – gli dice, – almeno mi avresti aiutata a togliere gli addobbi. Sab non è qui, comunque.

– Verrà piú tardi. Posso entrare ad aspettarla?

E prima che lei possa rispondere la precede oltre la soglia.

Che tristezza quel rettangolo di asfalto fresco, pensa Sabrina distogliendo il viso. Poi si fa forza e lo guarda ancora, e anche lei solleva gli occhi verso il *roof garden* misurando la distanza che lo separa dal marciapiede. Non c'è nessuno lassú, tutto è cosí quieto e silenzioso, eppure le sembra ancora di udire le grida, le voci concitate e, sempre piú vicino, il lacerante, superfluo fragore della sirena.

Si sente percorrere da un brivido, piú violento di quelli che poco fa l'avevano assalita mentre attraversava il parco. Non è un brivido di freddo, Sabrina se ne rende conto, ma non sa escogitare altro rimedio che rifugiarsi nel bar piú vicino per bere una tazza di cioccolata. C'è tutto il tempo, in fondo: il capo non dovrebbe arrivare prima delle nove e mezzo.

Dopo aver fatto sparire la scala e ogni altra traccia del suo affaccendarsi, Deborah è andata a sedersi dietro il banco, al solito posto. Anche M. è al solito posto, a metà strada fra la porta d'ingresso e il corridoio, ma questa volta non ha allungato le gambe e non ha appoggiato la schiena contro la spalliera del divano: siede rigido, contratto, come se aspettasse qualcosa. Tuttavia quando la ragazza cerca di attaccare discorso risponde cortesemente, sforzandosi persino di sorridere.

Anche lei sorride, contenta di avere qualcuno con cui chiacchierare, e non si accorge che M. non la guarda mai, nemmeno quando le parla, ma lancia rapide occhiate al proprio orologio o tiene gli occhi fissi sulla porta, come se aspettasse qualcuno. Finché, alle nove e trenta in punto, la porta si apre e sulla soglia appare il capo, con un'espressione di gaia efficienza sul viso disteso e abbronzato. Saluta allegramente Deborah, poi si volta verso M. che si è alzato e ha infilato una mano nella tasca del giaccone. Fa per salutare anche lui, ma all'improvviso un rumore sordo risuona nella stanza e il capo si piega su se stesso mentre

Deborah lancia un grido portandosi le mani agli orecchi. M. è in piedi, immobile davanti a lui, con in mano un oggetto nero dal quale esce una tenue spira di fumo. «Qui non si fuma» fa in tempo a pensare il capo prima di cadere a terra. Deborah è uscita da dietro il banco e corre verso di lui. Quando si china a guardarlo vede una piccola chiazza rossa al centro della camicia, e vede che sul volto abbronzato del capo l'espressione di gaia efficienza ha lasciato il posto a un'intensa meraviglia.

«Non hanno ancora finito con i botti di Natale?» pensa Sabrina quando sente lo sparo. È nell'atrio, di fronte alla porta dell'ascensore, e non dubita minimamente che quel suono venisse dalla strada dove spesso si aggirano torme di ragazzini armati di petardi, mortaretti e altri strumenti infallibili per rompere i timpani ai passanti. «Grazie al cielo ero lontana, – pensa. – I botti mi fanno sempre venire il batticuore». Ma un leggero batticuore lo avverte comunque mentre sale all'ultimo piano, una strana inquietudine, come se il suo corpo sapesse qualcosa che lei stessa ignora.

È appena arrivata sul pianerottolo quando la porta della Desire si spalanca e Deborah ne esce urlando. Le passa davanti dirigendosi verso le scale e sembra che non la riconosca nemmeno, ma Sabrina l'afferra per i polsi.

– Che succede, Deborah? Che succede?

Deborah si ferma e scoppia in un pianto isterico, senza riuscire ad articolare parola. Guardando oltre la soglia Sabrina vede una figura distesa sul pavimento. «Che ci fa lí quell'uomo sdraiato?» pensa con il blando stupore che si prova dinanzi a un atto sconveniente, ma ha appena finito di pensarlo che a un tratto sente il cuore balzarle in gola.

– Cosa aspetti, Deborah? Corri a chiamare un medico, – grida precipitandosi verso il capo. È sdraiato sulla schiena, con gli occhi spalancati, e Sabrina crede che la stia guardando. Le sembra di riconoscerlo, quello sguardo, di averlo visto mesi prima mentre sedeva accanto a un letto d'ospedale stringendo tra le sue una mano inerte, e per un attimo ne ha davvero la certezza: quegli occhi sono gli occhi di suo fratello.

Si china su di lui e dice: – È tutto okay, – sforzandosi di assumere un tono rassicurante. Eppure non le sembra che sia tutto okay: c'è uno strano odore di bruciato nella stanza, e sulla camicia una chiazza rossa si allarga lentamente, proprio all'altezza del petto. – È tutto okay, – ripete, ma in quel momento sente la voce di Max.

– È morto, Sabrina, – dice con gentilezza, come se gli dispiacesse contraddirla. – Non sarebbe il caso di chiamare la polizia?

CAPITOLO QUARANTUNESIMO

«E cosí, – pensò Cindy, – il mio principe resterà per sempre prigioniero della foresta stregata. Non ne uscirà mai piú, per quanto incredibile possa sembrare».

Davvero la povera ragazza non riusciva a capacitarsene: tutto era accaduto talmente in fretta, solo pochi giorni prima aveva visto il principe sorridere, parlare, intrattenersi piacevolmente con i suoi cortigiani, e adesso eccolo laggiú, nella tenebra, avvolto dai rami e dalle liane come da catene che nessuno poteva spezzare.

Ancora piú incredibile le sembrava che a gettargli addosso quell'atroce incantesimo fosse stato proprio il suo amico ranocchio, quel Mr. Frog che lei aveva sempre considerato la creatura piú inoffensiva del mondo con i suoi occhioni sporgenti, le zampe lunghe e sottili, il modo impacciato che aveva di saltellare qua e là e di balzarle sulle spalle in cerca di una carezza. Nemmeno tu, sono pronta a scommetterci, avresti mai sospettato che sotto le sue innocue sembianze si nascondesse il piú temibile emissario della strega; invece era proprio cosí, questa verità stava ormai sotto gli occhi di tutti, certa e incontestabile come se fosse stata scritta nero su bianco nelle pagine dell'enciclopedia *Pancosmos* (link), lo strumento indispensabile per tutti gli scolari.

Nella disgrazia, l'unico lato positivo era che le guardie del principe avevano catturato il ranocchio prima che potesse mettersi in salvo nel suo stagno. Per la verità non ci aveva nemmeno provato, a mettersi in salvo: era rimasto lí, immobile, con aria di sfida, mormorando ancora tra sé e sé le formule dell'incantesimo, sicché per le guardie era stato facilissimo imprigionarlo in una rete e trascinarlo giú, nei piú oscuri sotterranei del palazzo dove ora stava rinchiuso in attesa che si decidesse il suo destino.

Cindy era lieta che non toccasse a lei pronunciare la sentenza. Nonostante tutto continuava a provare per quel ranocchio una strana compassione e quando piangeva (cosa che in quei giorni le accadeva molto spesso) non sapeva mai se le sue lacrime fossero per il principe prigioniero della foresta, per Mr. Frog prigioniero dei ceppi o per lei stessa che aveva perduto entrambi ed era rimasta sola nella triste casetta in riva allo stagno.

Proprio sola non era, veramente: gli uccellini continuavano a cantare fra i rami, Pissy e Pussy a combinare le loro allegre marachelle, e la buona fata veniva a trovarla tutti i giorni portandole, per tirarle su il morale, enormi confezioni di caramelle Tvb (link), le piú squisite che si possano sgranocchiare. Ma il dolore di Cindy era cosí profondo che le caramelle Tvb (link) non bastavano a consolarla; quanto agli uccellini, non li sentiva nemmeno, immersa com'era in quei pensieri malinconici, e gli scatenati micetti Pissy e Pussy, accorgendosi che la padroncina non reagiva piú alle loro provocazioni, finirono col perdere completamente il gusto del gioco e andarono ad acciambellarsi nella cesta dove rimasero mogi mogi, in attesa di tempi migliori.

– Ah, – sospirava Cindy, – non avessi mai conosciuto quel ranocchio! Non l'avessi mai portato con me nella reggia del principe!

E quando diceva cosí, gli uccellini scuotevano la testa in segno di solidarietà e Pissy e Pussy, dalla loro cesta, si univano al pianto della padroncina levando un miagolio disperato.

CAPITOLO QUARANTADUESIMO

Delle settimane che seguirono, Sabrina avrebbe ricordato sempre la sensazione di assoluto spaesamento. Era stata interrogata dalla polizia, poi chiamata a ripetere davanti a un magistrato la sua testimonianza, e ogni volta che lo raccontava quell'evento le appariva piú inverosimile, come se non appartenesse alla realtà ma a un mondo di fiabe crudeli, a una puntata particolarmente sinistra (mal riuscita, avrebbe osservato il capo) presentata dalla sua Fairy Queen a un pubblico avido di emozioni.

Decisamente fiabesco, del resto, era anche il tono con cui i mass media riferirono l'accaduto, dipingendo la vittima come un eroe che aveva sacrificato la vita al progresso dell'umanità e l'omicida come un emissario, se non della strega, almeno di non meglio precisate «forze destabilizzanti», che miravano a «colpire al cuore» l'ordine meraviglioso in cui si aveva la fortuna di vivere.

Sabrina leggeva questi resoconti con crescente perplessità. Anche lei aveva sempre considerato il capo un grande eroe dei nostri tempi, ma allora, quando si era chinata su di lui e l'aveva visto pallido, inerme, con la macchia di sangue che gli si allargava sulla camicia e il volto irrigidito in quell'espressione stupefatta, a un tratto le era sembrato che la sua statura di gigante si riducesse a dimensioni pateticamente umane, e alla pietà che provava per lui si era mescolato uno strano senso di delusione. La grandezza del capo, se ne rendeva conto, era del genere che non può sopportare una sconfitta senza venirne interamente smentita, e quale smentita piú drastica si sarebbe potuta immaginare dello spettacolo offerto da quel corpo esanime, maneggiato come un fantoccio da poliziotti e agenti della scientifica?

Quanto alla figura dell'omicida, Sabrina non sapeva proprio cosa pensarne. Durante gli interrogatori le avevano domandato se fosse a conoscenza delle relazioni di quel giovane al quale lei continuava a riferirsi come a Max, sebbene fosse risultato che il suo nome era un altro; le avevano domandato se lo avesse mai visto con qualcuno o se lo avesse udito telefonare, e rispondendo negativamente a tutte queste domande si era stupita lei stessa, per la prima volta, della completa e innaturale solitudine in cui viveva quel ragazzo.

– Aveva soltanto me, – era stata la sua risposta istintiva, ma subito se ne era pentita notando che a queste parole gli inquirenti avevano cominciato a squadrarla con sospetto. – Almeno, che io sappia, – si era affrettata ad aggiungere, eppure piú ci ripensava, piú si convinceva che la verità fosse proprio quella, che in tutto il mondo Max non avesse altri che lei, salvo forse qualche parente sepolto in remoti cimiteri e l'incorporea, spettrale compagnia di qualche libro.

E il cane Boby, rammentò: curioso che un assassino potesse avere un cane di nome Boby, come una persona qualsiasi, e ricordi d'infanzia assolutamente simili a quelli di chiunque altro, che amasse la pizza e la birra chiara, che avesse, come chiunque altro, le sue predilezioni e antipatie e la sua vita quotidiana formata appunto dalla somma di queste piccole cose.

Quando ripensava (e negli ultimi tempi le accadeva spesso) alla notte che avevano trascorso insieme, ricordava quasi con sgomento certi particolari: un gesto, una parola, l'aspetto buffo di quelle gambe nude, e la tenerezza che aveva provato vedendo Max dormire tutto raggomitolato su se stesso, nella posizione di un bambino dentro il grembo materno.

Sí, soprattutto questo ricordo le risultava insopportabile. Lo rivedeva cosí, rannicchiato sotto le sue lenzuola, e poi lo vedeva in piedi nell'atrio della Desire con in mano la pistola fumante e sentiva la sua voce che diceva: «È morto, Sabrina», senza enfasi, senza emozione, con appena una lieve sfumatura di scusa come se involontariamente le avesse urtato il braccio camminandole accanto. E poi, sempre calmissimo, gettata a terra la pistola, aveva atteso l'arrivo della polizia, si era lasciato arrestare, proprio come Mr. Frog, con l'aria di chi non prova ormai altro che una perfetta indifferenza verso tutto, persino verso se stesso.

Sabrina era rimasta lí di fronte a lui, in silenzio, inginocchiata sul pavimento vicino al cadavere del capo al quale, chissà perché, aveva posato una mano sulla fronte, e guardava il cadavere, e guardava Max, mentre da una grande lontananza (cosí le sembrava) le giungevano le parole affannose che Deborah urlava nel ricevitore del telefono. Solo quando aveva sentito arrivare la polizia si era alzata ed era andata a sedersi in disparte, su uno dei divani bianchi. Erano entrati di corsa, avevano afferrato Max come se si aspettassero una qualche reazione, ma lui era rimasto immobile, si era limitato ad alzare le mani accompagnando il gesto con quel sorriso ironico che gli piegava soltanto un angolo della bocca, quello strano, familiare sorriso con cui tante volte aveva commentato una frase di Sabrina o l'aveva tacitamente invitata a condividere un suo pensiero.

Lei non si era sentita di guardarlo mentre lo portavano via: aveva continuato a fissare ostinatamente la gigantografia del capo appesa sulla parete di fronte, senza neppure essere sfiorata dall'idea che quel bell'uomo dall'aria dinamica e vittoriosa ritratto sullo sfondo di un campo da golf fosse lo stesso patetico ammasso di carne morta che ora stavano infilando con fatica in un sacco di plastica.

CAPITOLO QUARANTATREESIMO

– È una richiesta insolita, dato che non siete parenti.

– Ma per me, vede, è molto importante. E poi parenti non ne ha, quindi non ruberei il posto a nessuno.

– Avrà pensato, immagino, alle conseguenze, alla posizione falsa in cui si metterebbe. Verso i suoi datori di lavoro, in primo luogo.

– Sí, grazie, ci ho pensato.

– Ed è convinta, nonostante tutto...

– Convintissima.

Dicendo questo mentiva, o almeno esagerava. Non era affatto convinta che il suo progetto fosse opportuno, anzi, sospettava il contrario, e una certa freddezza manifestata ultimamente nei suoi riguardi dai vertici della Desire (Lavinia, in particolare, aveva evitato di salutarla ai funerali del capo) non faceva che rafforzare questi timori; ma Sabrina sentiva di non poter agire diversamente, quali che fossero le conseguenze. Perciò continuò a insistere, passando da un ufficio all'altro, finché le accordarono il permesso richiesto, e una settimana dopo varcò la soglia del carcere dove Max era rinchiuso in attesa del processo.

Oltre il vetro che divideva il parlatorio i volti dei detenuti sfilavano fittamente allineati, come una galleria di ritratti ciascuno dei quali aveva davanti a sé un unico, attentissimo osservatore. Sabrina raggiunse il settore che le avevano indicato e prese posto di fronte a una sedia vuota. Dopo qualche istante vide Max avvicinarsi dal fondo della sala, scortato da una guardia che si allontanò di qualche passo appena lui fu seduto. Si guardarono senza salutarsi, attraverso il vetro. Max non sembrava cambiato, aveva sempre le stesse lentiggini sul naso, gli stessi occhiali rotondi, la stessa aria da ragazzone goffo e inoffensivo, e tutto questo sconcertò Sabrina che si era aspettata di scorgere finalmente il suo vero volto, il suo volto di assassino.

– Come è strano rivederci qui, – disse per rompere il ghiaccio.

Lui la fissò in silenzio, con gravità. – Perché sei venuta? – domandò quindi a bassa voce.

– Non dovevo venire? Dopo tutto, pare che tu abbia soltanto me.

– Ti ringrazio del pensiero.

– E poi volevo parlarti, naturalmente. Ne sento davvero il bisogno.

– Parlarmi di cosa?

Sabrina rimase sbalordita. Non era preparata a un tono simile, e cominciò a chiedersi lei stessa perché fosse venuta a trovare quell'estraneo rinchiuso in carcere sotto l'accusa di omicidio. Per giunta la frastornava il brusio delle conversazioni che si svolgevano nel parlatorio e che si mescolavano con la loro portandovi frammenti di storie altrui.

– Aiutami a capire, se puoi, – disse con forza. – Spiegami perché lo hai fatto.

– Dovresti saperlo, Sabrina, ne abbiamo parlato tante volte.

– Ne abbiamo parlato? E quando mai?

– Forse tu non mi ascoltavi, oppure interpretavi male le mie parole.

– Niente di piú facile: non ti sei mai espresso con troppa chiarezza. Non potevi, del resto, se avevi quell'intenzione. Oppure è stato un impulso improvviso?

Max abbassò gli occhi. – No, non è stato improvviso. Ma dimmi, Sabrina, credo di avertelo già domandato un'altra volta: tu non ti sei mai guardata intorno? Non ti sei fatta un'idea sufficiente del mondo in cui vivi?

– Sufficiente per cosa?

– Per arrivare a comprendere la mia decisione.

Lei scosse la testa. – Il mondo non è perfetto, e con questo? Pensi forse di averlo reso migliore?

– Penso di aver compiuto un atto di giustizia.

– Come se la colpa fosse del capo, se il mondo non è di tuo gradimento. Come se fosse colpa della Desire.

– L'avrai visitato anche tu, immagino, il sito della Desire. Io lo facevo spesso, quasi tutte le sere. Un'attrazione morbosa, in un certo senso, l'attrazione che proviamo per ciò che ci ripugna. L'asta degli organi, il *Braccio della morte*, i *war games*... E poi leggevo le tue fiabe, Sabrina, tutte le puntate della Fairy Queen.

– Ti ripugnavano anche quelle?

– Le fiabe che ascoltavi da bambina erano diverse. Se non altro, non c'era la pubblicità.

– Che c'entra, anche i tempi erano diversi. Vorresti tornare indietro, per caso? Magari all'età della pietra?

– Non so cosa vorrei. Ora non piú. Volevo una cosa sola, con tutte le forze, e quella l'ho ottenuta.

Sabrina si sentí percorrere la schiena da un brivido. – E cosa è cambiato, Max, me lo sai dire?

– Niente, non è cambiato niente. Almeno, però, qualcuno si è accorto che esisto.

A quella frase Sabrina non replicò; si limitò a guardare Max dritto negli occhi. E all'improvviso le balenò il sospetto che fosse pura follia starsene lí seduta davanti a un assassino a discutere con calma le sue ragioni. – Si è fatto tardi, bisogna che io vada.

– No, già che sei venuta ti prego di rimanere. Dobbiamo dirci ancora tante cose...

– Abbiamo detto abbastanza, mi pare.

– Credi che io sia un mostro? Credi che ci abbia provato gusto a uccidere?

– Sí, forse sí, forse ci hai provato gusto. Non mi era mai venuto in mente, ma dev'essere proprio cosí. Che straordinaria sensazione di potenza sparare a qualcuno, vederlo accasciarsi ai tuoi piedi...

– Pensavo che mi conoscessi meglio.

– E tu sei sicuro di conoscerti bene? In fondo non sei molto diverso da loro. Non sei diverso da lui.

Ci fu un lungo silenzio, attraversato dalle voci dei vicini che parlavano di sconti di pena e ricorsi in appello.

– Bisogna che io vada, – ripeté infine Sabrina.

– Sí, hai ragione, – rispose Max senza guardarla, con gli occhi fissi sulle proprie mani.

Sabrina si alzò. Mentre stava per avviarsi alla porta la assalí con immediatezza, come se nessuna distanza la separasse da allora, il ricordo di quella sera in cortile, quando aveva diviso con Max le sue tredici rose bianche.

– È stato per questo, vero? – disse tornando a girarsi verso di lui. – Fin dal principio?

Max capí subito a cosa alludesse. – Sí, fin dal principio.

Non aggiunse altro, e Sabrina gli volse le spalle incamminandosi lentamente verso l'uscita.

CAPITOLO QUARANTAQUATTRESIMO

La squadra della Desire esprime la propria gratitudine a tutti coloro (e sono moltissimi!) che hanno voluto partecipare di persona o virtualmente ai funerali del nostro compianto fondatore. Credeteci, siamo commossi! Siete stati davvero fantastici!

Sapete cosa potete aspettarvi da noi, oggi come ieri: siamo sempre qui, pronti a soddisfare ogni vostro desiderio, a regalarvi nuove emozioni, a offrirvi i servizi ai quali siete abituati. E se a volte siamo tristi pensando a colui che abbiamo perduto, troviamo un grande conforto nella solidarietà di tutti voi.

Nell'apposita casella condoglianze@desire.com arrivano quotidianamente da ogni parte del mondo messaggi affettuosi, i migliori dei quali vengono pubblicati sul nostro sito. (A proposito, se non avete ancora inviato il vostro messaggio di condoglianze vi raccomandiamo di farlo al piú presto: solo cosí potrete partecipare al megaconcorso *Good Night Sweet Prince* che mette in palio ogni settimana premi da capogiro!)

«Io penso ottimista» era il motto del nostro capo e mai, nemmeno nelle ore piú strazianti del lutto, noi della Desire abbiamo pensato di venir meno a questa fondamentale regola di vita. È un'eredità preziosa che abbiamo ricevuto dalle sue mani, e cercheremo in tutti i modi di esserne degni. Ci stiamo già provando, come saprete, con l'aiuto di tutta la squadra e sotto la guida del nuovo presidente che il consiglio di amministrazione ha appena nominato. A lui vanno i nostri auguri piú fervidi: che possa condurre la Desire a sempre nuovi successi!

CAPITOLO QUARANTACINQUESIMO

Nonostante tutta la buona volontà, alla prima assemblea mensile dopo la morte del capo le facce dei collaboratori tradivano un certo disorientamento. Sabrina almeno era decisamente perplessa, e non per la novità della situazione, ma al contrario, perché lo spettacolo che le si presentava era fin troppo familiare, come se nulla fosse accaduto, come se quell'evento che tanto l'aveva sconvolta non possedesse un peso sufficiente a lasciare una traccia nei ritmi di vita della Desire.

Lavinia, vestita di un elegante tailleur-pantalone color pervinca, sedeva al solito posto, con l'unica differenza che alla sua sinistra invece del fratello stava ora il nuovo presidente, un abbronzato, sorridente giovanotto sulla trentina nel cui sguardo si leggeva la stessa incrollabile sicurezza che un tempo risplendeva in quello del capo. Del tutto simile era anche la relazione che egli andava tenendo, punteggiata dagli applausi del pubblico: indicazioni di ulteriori traguardi, tanto brillanti quanto lasciati nel vago, riferimenti frequenti all'importanza del lavoro di squadra e alla responsabilità verso gli azionisti, e persino la continua evocazione dell'«ordine delle cose», al punto che, se chiudeva gli occhi, Sabrina aveva l'impressione di risentire la voce del suo defunto principe.

Eppure il disinvolto fluire di quelle parole non riusciva piú a entusiasmarla, anzi, le pareva spesso di cogliervi qualcosa di falso, di artificioso. «Che vorrà dire, poi? – si domandava. – Tagliare i rami secchi, va bene, ma in che modo?» Insomma, l'incantesimo era rotto, tanto da permetterle, anche nei momenti in cui l'oratore raggiungeva il culmine della sua eloquenza, di interrogarsi sul significato di ciò che diceva. Si spaventò, quando se ne accorse: intuiva come la libertà di giudizio che all'improvviso si era risvegliata in lei potesse impedirle di adattarsi con naturalezza all'ordine delle cose, isolarla, spingerla a rovinarsi con le proprie mani, come era accaduto al maestro e anche a Max, sprofondato a causa di essa in quella che ora il tribunale tendeva a considerare una forma di follia.

Fissò lo sguardo sull'oratore, costringendosi ad ascoltarlo con quell'attenzione assoluta e insieme del tutto passiva che fino a ieri le riusciva cosí naturale. «In fondo, – pensò, – aveva ragione il maestro: ciò che dice non conta, le sue parole servono soltanto a risollevare il morale della truppa, e io voglio a tutti i costi che il mio morale venga risollevato». Ma per quanti sforzi facesse, non ci riusciva. Udiva soltanto una serie di frasi fatte, di formule risapute, gusci vuoti che il capo si era lasciato dietro e che ora, non piú animati da quell'energia che lui sapeva infondervi, producevano un'impressione di squallore.

«Dopo tutto non sono una stupida, – pensò con tristezza. – Qualcosa capisco anch'io». E da quel momento evitò accuratamente di guardare verso il tavolo della presidenza per timore che qualcuno, di lassú, potesse leggerglielo in faccia.

CAPITOLO QUARANTASEIESIMO

In lei c'era qualcosa che non andava, e Cindy se n'era accorta da un pezzo. Forse non era proprio malata, ma da qualche tempo il cielo non le sembrava piú cosí azzurro, la luce aveva perso qualcosa del suo splendore e persino le merendine Extrabon (link), delizia di grandi e piccini, le risultavano meno appetitose del solito.

No, forse non era malata. La buona fatina, che ai primi sintomi di malessere era corsa a visitarla, aveva trovato tutto in ordine: il cuore di Cindy continuava a battere regolarmente, stomaco e polmoni facevano il loro dovere... insomma, la ragazza era sana come un pesce. Solo l'allegria l'aveva abbandonata, quella gioia di vivere che anche tu, ne sono certa, hai sempre ammirato in lei e che ora sembrava a un tratto offuscata, come da una nebbiolina sottile ma persistente.

– Qui, – decise la fata rivedendola dopo qualche giorno, – ci vuole proprio un consulto. Farò venire mia sorella, la Fatina dai Capelli Viola, e magari anche il Re dei Barbagianni che è un vero pozzo di scienza: figurati che si è letti tutti i quindici volumi dell'enciclopedia medica *Corpus* (link)...

– È un caso cosí difficile, il mio? – domandò Cindy con voce tremante.

– Difficilissimo. Vedi, non riesco a capire se sei caduta vittima di un incantesimo oppure te ne sei liberata. Anche nel secondo caso, purtroppo, le conseguenze possono essere catastrofiche: per questo io consiglio sempre a tutti di pensarci su due volte prima di rompere un incantesimo.

– Ma io non ho fatto niente del genere, cara fatina!

– Chissà, magari senza volerlo... Di queste cose spesso non ci si rende nemmeno conto, se non quando è troppo tardi per rimediare.

Quelle parole impressionarono Cindy a tal punto da costringerla a stendersi sul divano. Le girava la testa, si sentiva debolissima, e aveva paura che il piú piccolo movimento le facesse perdere l'equilibrio. – Le conseguenze possono essere catastrofiche, – continuava a ripetere mentre la fata le teneva la borsa del ghiaccio sulla fronte e gli uccellini, appollaiati sul davanzale della finestra, tentavano di distrarla con i loro canti melodiosi.

– Non drammatizzare, Cindy, – disse la fata. – Forse è soltanto un malessere passeggero.

– Sarà, ma ci credo poco. Mi sembra impossibile poter tornare a sorridere.

– Sorriderai, te lo assicuro, appena sarai guarita, – replicò la fatina battendole su una spalla una piccola pacca rassicurante. – Sono cose che capitano, specie a chi non prende gli integratori vitaminici Vital-C (link).

Ma in cuor suo era preoccupatissima, e se Cindy avesse potuto osservarla dopo che si furono salutate, l'avrebbe vista dirigersi verso la porta scuotendo gravemente la testa.

CAPITOLO QUARANTASETTESIMO

Quando entrò nell'ufficio del presidente Sabrina trovò Lavinia seduta accanto a lui, proprio sotto un grande cartello con la scritta *IO PENSO OTTIMISTA* stampata in caratteri rosa, che riproduceva con assoluta esattezza quello appeso nella sala riunioni e che evidentemente si era pensato bene di collocare come ammonimento dietro la scrivania del nuovo capo. Fu lei a dirle di sedersi, mentre il presidente accompagnava l'invito con un cenno cordiale.

– Grazie di essere venuta, cara, – esordí Lavinia. – Il preavviso è stato brevissimo, ne siamo consapevoli, ma sappiamo di poter contare in qualsiasi momento sui nostri collaboratori.

Sabrina annuí. Seguitava a domandarsi perché mai l'avessero convocata con una simile urgenza; ma quando Lavinia riprese a parlare, si rese conto che la sua curiosità non sarebbe stata soddisfatta tanto presto.

– Avrà sentito che le cose si mettono bene, per il suo amico.

– Non è mio amico.

– Comunque, – replicò l'altra con un gesto annoiato, – ha capito perfettamente a chi mi riferisco. La difesa, come saprà, ha invocato l'infermità mentale e noi non intendiamo opporci a questa tesi. Anzi, ne siamo profondamente convinti. Mio fratello, vede, era in un certo senso un benefattore, uno di quei rari individui che riescono a dare davvero qualcosa agli altri... Ma non ho bisogno di spiegarlo proprio a lei, che ha avuto il privilegio di lavorare al suo fianco.

– Infatti, non ne ha bisogno.

– Di conseguenza, – proseguí Lavinia, – è evidente che il gesto di quel ragazzo non può essere dovuto ad altro se non a una crisi di follia. Del resto bastava osservarlo per capire che non era normale e lei per prima, cara, se ne sarebbe accorta, se avesse avuto un po' piú di esperienza. Ma lasciamo stare, è inutile rivangare il passato. Il suo amico comunque, – (ripeté quella definizione sottolineandola leggermente), – se la cava con poco: trascorrerà qualche mese in una clinica psichiatrica e poi sarà fuori.

– Grazie dell'informazione, signora, ma non doveva disturbarsi. Voglio dire, se mi ha convocata per darmi questa notizia...

– No, cara, non l'abbiamo convocata per questo, ma per chiederle un favore. A nome della Desire, s'intende, non un favore personale.

A questo punto tacque e si voltò verso il presidente come a pregarlo di continuare al suo posto, e lui appoggiò i gomiti sulla scrivania protendendosi verso Sabrina con un largo sorriso.

– Le dirò in breve di che si tratta, cara Sab (mi permette, non è vero, di chiamarla cosí?). Come lei sa, tutti gli uffici della Desire sono controllati ventiquattr'ore al giorno da videocamere a circuito chiuso, tutti gli avvenimenti che vi si svolgono vengono ripresi e registrati: capirà, per ovvie ragioni di sicurezza. Ma queste misure ora ci mettono a disposizione un documento prezioso, di enorme importanza storica. Lei indovina certamente a cosa mi riferisco.

– Forse... alla disgrazia?

– Bravissima, vedo che capisce al volo. Un documento di enorme importanza storica ma anche, devo aggiungere, un prodotto di sicura presa commerciale. E noi riteniamo di interpretare nel modo migliore la volontà del defunto non permettendo che la Desire si lasci sfuggire una simile opportunità. Continua a seguirmi, Sab?

– Credo di sí. Avete quella registrazione e intendete lanciarla sul mercato.

– Benintesо, appena i magistrati ci daranno l'okay. Le possibilità sono infinite: dvd, speciali televisivi, download a pagamento, oltre ovviamente alle nostre pagine in rete che potranno trarne un grande beneficio sul fronte della pubblicità. Lo stanno già traendo, del resto, da quando è avvenuta la disgrazia i profitti sono cresciuti notevolmente, ma appunto per questo dobbiamo battere il ferro finché è caldo, sfruttare tutte le potenzialità che la situazione ci offre. C'è qualche problema, non ce lo nascondiamo, ma i problemi esistono appunto per essere risolti, ed eccoci a lei, Sab, eccoci al motivo per cui l'abbiamo convocata.

– A me? Che c'entro io con tutto questo?

– A parte il fatto, – replicò lui aggrottando la fronte, – che lei è una collaboratrice della Desire, e quindi è nell'ordine delle cose che «c'entri» con qualsiasi iniziativa presa dall'azienda... a parte questo, dicevo, c'è una ragione piú personale, che riguarda la sua vita privata. Mi riferisco naturalmente alle sue relazioni con Max.

– Con Max?

– Date le circostanze preferiamo continuare a chiamarlo con il suo nome d'arte. Vede, se lei considera la scena ripresa dalle nostre videocamere come un film (e in un certo senso è il modo piú ragionevole di considerarla) si renderà conto che i protagonisti sono due. Uno è l'uomo che cade a terra, l'altro quello che spara, e per poter sfruttare commercialmente le immagini ci occorre il consenso di entrambi. Per il primo non ci sono problemi: la nostra Lavinia è piú che convinta dell'iniziativa, sia in quanto azionista di maggioranza che in quanto erede e rappresentante della vittima. Perciò ci resta soltanto da trattare con Max, con quel povero ragazzo dalla mente malata. E qui entra in scena lei.

– Sí, credo di capire.

– Dovrà fare da tramite, tastare il terreno. Cominciare a spiegargli quali vantaggi ricaverebbe dalla cosa, in termini di denaro ma anche di notorietà. Gli si aprirebbero moltissime porte, Sab, avrebbe un avvenire assicurato, senza contare le percentuali sulle vendite che naturalmente gli riconosceremmo...

– Sí, capisco, – disse Sabrina. Non aveva mai guardato Lavinia durante quella lunga spiegazione, ma ora si volse bruscamente verso di lei. – O meglio, non capisco, non capisco proprio. Dopo quello che ha fatto...

Sul volto di Lavinia si disegnò un sorriso freddo, vagamente ironico. – Che vuole, cara, in fondo la miglior vendetta resta sempre il perdono.

A lungo, nei giorni che seguirono, Sabrina avrebbe ripensato a quelle parole. Sul momento ne fu irritata, addirittura offesa, non sapeva bene se per se stessa, per Max, o per un resto dell'antica devozione che la legava al capo.

– Io invece non mi sento di perdonarlo, – rispose. – Dovrete fare a meno della mia mediazione.

Dinanzi a un'uscita cosí inattesa il presidente scosse severamente la testa, ma fu Lavinia a parlare, in quel suo tono di glaciale cortesia.

– Come vuole. Se non intende collaborare, non possiamo certo costringerla.

– Lasciate che vi spieghi le mie ragioni, – disse lei impaurita, – sono certa che comprenderete voi stessi...

– Non c'è niente da spiegare, signorina, – intervenne il presidente. – Un no è un no, comunque si cerchi di giustificarlo. A meno che lei non sia disposta a riconsiderare la sua decisione.

– No, mi dispiace. Non sono disposta.

– Allora può andare, signorina: per il momento non abbiamo altro da dirle.

CAPITOLO QUARANTOTTESIMO

Scorgendo il visitatore che lo attende seduto di là dal vetro, M. deve arretrare di un passo. Non che il suo aspetto abbia niente di minaccioso, al contrario, sembra addirittura sprizzare cordialità, ma ciò che a M. riesce insopportabile è proprio quel sorriso, quel volto disteso e abbronzato, lo sguardo gioviale di quegli occhi azzurri.

Dopo qualche istante di esitazione, si costringe ad avvicinarsi al vetro.

– Scusi, mi era parso di riconoscerla, – dice prendendo posto davanti al visitatore.

– E le sembra una buona ragione per scappare? – ribatte l'altro con una risata amichevole.

No, pensa M., non è una buona ragione. Anche perché, osservati da vicino, i lineamenti del visitatore rivelano alcune particolarità individuali che attenuano quella sconcertante impressione di somiglianza, quasi di identità.

– L'avvocato mi aveva preannunciato la sua visita. Però, glielo confesso, non arrivo a capirne il motivo.

– Avremo tutto il tempo di parlarne. Questa mia visita non è affatto l'ultima, anzi, spero sia la prima di una lunga serie. Cioè, mi perdoni, non troppo lunga: la Desire non vuol certo vederla marcire in galera...

– E che cosa vuole, allora?

– Nient'altro che il suo bene.

M. lo fissa dritto negli occhi, sogghignando.

– È la pura verità, – assicura l'altro. – Comunque, il suo scetticismo non mi coglie minimamente di sorpresa: direi che è nell'ordine delle cose.

A quelle parole M. ha un sussulto e deve distogliere lo sguardo dagli occhi azzurri dell'uomo che lo osservano fermi e sicuri, immuni da qualsiasi dubbio. – È lei, invece, a cogliermi di sorpresa, e non solo per il suo strano atteggiamento nei miei confronti. No, non soltanto per questo. Del resto dovevo aspettarmelo, sono stato terribilmente ingenuo a pensare...

– Alla sua età, se mi permette di dirlo, una certa dose di ingenuità è piú che giustificabile.

– È buffo sentirlo dire proprio da lei, dal nuovo capo. La chiamano cosí, non è vero? È nell'ordine delle cose.

– Esatto, è nell'ordine delle cose.

M. si copre il volto con le mani e resta cosí a lungo, in silenzio. – Sono stanco, – dice poi, – vorrei tornare nella mia cella.

– Me ne vado, ma prima devo darle qualcosa, – risponde l'uomo dagli occhi azzurri, e attraverso il vetro mostra a M. una gonfia cartelletta di plastica.

– Che cos'è?

– Una rassegna stampa, di cui la Desire vuole farle omaggio: tutto quello che è stato scritto su di lei dal giorno della disgrazia sino a oggi. È piuttosto voluminosa, come vede.

– Grazie, ma non mi interessa.

– Ne è proprio sicuro? Al suo posto, dopo aver compiuto un gesto del genere, sarei almeno curioso di sapere che reazioni ha suscitato.

M. osserva la cartelletta: è davvero molto gonfia, deve contenere una gran quantità di ritagli.

– Gesto, disgrazia... sembra che lei stia adoperando tutte le parole possibili pur di evitare quella giusta.

– Quella giusta? Lei è disinformato, ragazzo mio. Legga i giornali, soprattutto i piú recenti, e si renderà subito conto...

– Lo so, l'avvocato mi ha già messo al corrente. Ma anche

volendo, non potrei accettare il suo regalo: è disinformato anche lei se crede che sia cosí facile far avere qualcosa a un detenuto.

– Già, i soliti regolamenti... Ma lei non considera che io sono il presidente della Desire –. E fa cenno a un guardiano, che subito si avvicina e prende in consegna la cartelletta. – Ha visto? È tutto okay! I problemi esistono appunto per essere risolti, e in questo caso è stato semplicissimo: è bastata una parola al direttore del carcere.

Intanto il guardiano ha raggiunto M. dall'altra parte del vetro e ha posato la cartelletta davanti a lui, sullo scrostato piano di formica che lo separa dal suo visitatore. – Sei un pezzo grosso, eh? – gli mormora strizzando un occhio, e poi si allontana.

– Ora la lascio davvero, caro Max, – dice il presidente della Desire. – Si riposi, legga i suoi ritagli, e soprattutto stia su col morale. Io tornerò a trovarla domenica prossima: vedrà, avremo parecchie cose di cui discutere.

Rimasto solo, M. non si alza. Tiene gli occhi fissi sulla cartelletta, senza toccarla, finché lo riscuote la voce brusca del guardiano.

– Allora, ti decidi o no?

– Sí... sí, mi decido, – risponde M. alzandosi. Fa qualche passo verso l'uscita, poi torna indietro e tende la mano verso il piano di formica per prendere la cartelletta.

CAPITOLO QUARANTANOVESIMO

Nei giorni del processo Sabrina mise piede in tribunale soltanto per confermare la sua testimonianza. Senza mai alzare lo sguardo su di lui che pure, lo sentiva, stava osservandola attentamente dal banco degli imputati, descrisse Max come un vicino di casa con cui le era capitato di stabilire una conoscenza superficiale. Poiché i loro orari coincidevano, spesso facevano insieme la strada verso il centro, e dopo un po' l'imputato aveva preso l'abitudine di accompagnarla fino alla sede della Desire. Per gentilezza: o almeno, cosí lei aveva creduto. Ribadí di aver sempre ignorato quali fossero le sue vere intenzioni; fra loro, del resto, non c'era mai stata molta confidenza. Certo, lei aveva intuito che l'imputato era una persona strana, diversa dalle altre (anche se ora, interrogata in proposito, non seppe spiegare in cosa consistesse questa diversità), ma, forse per inesperienza, non ci aveva badato. Se avesse dovuto riassumere in una parola l'impressione che lui le faceva, avrebbe detto che era un ragazzo assolutamente inoffensivo: definizione accolta dal pubblico e dalla corte con una risatina soffocata.

Poi passò a riferire ciò che aveva visto quella mattina nell'atrio della Desire, lo riferí con un distacco del quale non si sarebbe creduta capace, aiutata forse dal fatto che le sue parole, per quanto precise e veritiere, le sembrava non avessero nulla da spartire con l'atroce realtà della scena cui aveva assistito. Tutto si era svolto cosí, proprio come lei stava raccontando, eppure in un modo abissalmente diverso, che le parole non arrivavano nemmeno a sfiorare. Perciò poteva parlarne quasi con tranquillità di fronte a quelle persone estranee, ai giudici, agli avvocati, alla folla affluita nell'aula per assistere a quello che i mass media andavano reclamizzando come il «processo del secolo».

Lei invece voleva assistervi il meno possibile, al processo del secolo. Appena l'autorizzarono a farlo lasciò dunque l'aula e il polveroso palazzo dove si amministrava la giustizia, si coprí il volto con le braccia, come aveva visto fare da qualcuno alla televisione, per proteggersi dagli scatti dei fotografi che si accalcavano davanti all'uscita, e tornò a casa sua.

Nel pomeriggio si lavò i capelli, cosa che ultimamente faceva quasi tutti i giorni; ma i pensieri non volevano saperne di sparire giú per lo scarico insieme con l'acqua insaponata, e il profumo di mela acerba, un tempo cosí gradito, ora le dava addirittura un lieve senso di nausea.

Benché si sforzasse, da allora in poi, di vivere normalmente, le notizie del processo continuavano a raggiungerla: non poteva accendere il televisore o posare l'occhio sulla prima pagina di un giornale senza trovarsele davanti.

Ciò che soprattutto la stupiva era l'incredibile quantità di parenti e amici posseduti da quello stesso Max che, prima di diventare famoso, sembrava addirittura solo al mondo. Prozie e cugini, compagni di scuola dall'asilo fino alle superiori (non d'università, perché a quanto pareva non l'aveva mai frequentata), ora spuntavano come funghi rilasciando ciascuno la sua brava intervista e fornendo particolari di ogni genere sul passato dell'«assassino del secolo». Ci fu persino chi lo rammentò in compagnia di Boby, un cane fuori del comune, come fuori del comune era stato il suo padrone sin dalla primissima infanzia. Già allora, su questo i testimoni erano concordi, non si poteva dubitare che fosse destinato a diventare «qualcuno». Se per assurdo il processo si fosse concluso con l'assoluzione dell'imputato, nessuno ne sarebbe rimasto piú deluso di questi devoti ammiratori che continuavano a raccontare come Max, all'età di un anno, avesse sbalordito il parentado pronunciando con assoluta disinvoltura la parola *mamma*, o come fosse sempre riuscito a farsi promuovere da una classe all'altra del liceo nonostante i suoi rapporti non facili con la matematica e le lingue straniere.

Ma naturalmente il processo si concluse nel modo che tutti si auguravano: non con un'assoluzione, si capisce, e neppure con una condanna al carcere, che sarebbe stata dura da mandar giú per i fan di quel personaggio ormai cosí popolare. La formula dell'infermità mentale era perfetta per non togliere appeal alla sua figura proteggendola al tempo stesso dalle conseguenze piú spiacevoli, e i giudici scelsero proprio quella, incoraggiati dall'atteggiamento conciliante tenuto dalla Desire durante l'intero dibattimento.

In effetti, ogni loro atto nei riguardi di Max era ispirato alla benevolenza e al perdono. Meno benevoli e disposti a perdonare si mostravano invece verso Sabrina, che da mille piccoli segni si accorgeva di quanto il clima fosse cambiato. Aveva scoperto che le puntate piú recenti della Fairy Queen erano state sottoposte ad alcuni ritocchi prima di essere messe in rete, ritocchi discreti, per smussare certe punte di malinconia su cui già da tempo i vertici dell'azienda avevano avuto da ridire. Lei però non era piú stata convocata, nemmeno per un rimprovero, e ripensava quasi con nostalgia a certe violente ramanzine del capo dalle quali usciva, è vero, con le lacrime agli occhi, ma anche con l'intatta, preziosa certezza di continuare a far parte della squadra.

Sentiva di star percorrendo un cammino in discesa, eppure non trovava in sé la forza né la volontà di reagire. Non era malata, questo no: il medico da cui si era fatta visitare poche settimane prima aveva trovato tutto in ordine, il cuore continuava a battere regolarmente, stomaco e polmoni facevano il loro dovere... insomma, a parte quello «stress» che le veniva diagnosticato quasi ogni volta e che lei aveva sempre considerato un ingrediente inevitabile nella vita di una persona di successo, Sabrina era sana come un pesce. Solo la fiducia l'aveva abbandonata, quella fiducia istintiva nel mondo e nella propria capacità di andarci d'accordo che l'aveva sempre sostenuta nei momenti difficili e che ora sembrava a un tratto offuscata, come da una nebbiolina sottile ma persistente.

CAPITOLO CINQUANTESIMO

Anche in questa camera regna un ordine perfetto: niente effetti personali, a parte gli abiti che M. indossava al momento dell'arresto e che ora una solerte infermiera ha provveduto ad appendere con cura nell'armadio; niente foto salvo le sue, che gli si fanno incontro dalle pagine dei giornali ogni volta che estrae un ritaglio dalla cartella stampa. Qui però c'è una sfumatura di eleganza, persino di lusso, di cui non si scorgeva la minima traccia nel modesto monolocale al quinto piano della scala A: basta guardarsi intorno per capire che a quell'ospite di riguardo la direzione della clinica ha voluto riservare una delle stanze migliori. Non manca neppure un angolo salotto, adattissimo per ricevere i giornalisti che infatti M. riceve quotidianamente, barcamenandosi come meglio può, in assenza di una segretaria, per gestire la propria agenda sempre fitta di impegni.

– Dovrei proprio affidarmi a un agente, – mormora indispettito quando si rende conto di aver fissato due interviste alla stessa ora, per giunta da parte di due network rivali; subito dopo, però, questo pensiero lo fa arrossire e lo spinge ad andare davanti allo specchio.

– Ma chi sono? Chi mi stanno facendo diventare? – dice squadrando accigliato la sua immagine riflessa; lo specchio però non risponde e a lui non resta che ricorrere allo stratagemma del quale si avvale sempre, negli ultimi tempi, per vincere il disorientamento: leggere ciò che la stampa scrive di lui. Farsi raccontare dagli altri la sua storia, svelare la sua identità. E ogni volta, con un misto di sollievo e amaro divertimento, scopre che proprio ora, quando lui stesso non sa piú bene chi è, agli occhi del mondo è diventato finalmente «qualcuno».

Spesso, come un ritornello ossessivo, gli tornano alla mente le parole pronunciate da Sabrina nel parlatorio del carcere, quelle parole sferzanti, impietose, dalle quali si era sentito colpito come da uno schiaffo in pieno viso; allora cerca affannosamente, tra sé, il modo di controbattere, ma non riesce a trovarlo. L'unica, per dimostrarle che si sbaglia, sarebbe rifiutare ciò che gli viene offerto, respingere con un calcio tutte le nuove, allettanti opportunità che gli si spalancano davanti, per tornare nell'insignificanza, nell'anonimato, in quel triste monolocale della scala A, e accontentarsi di guardare il mondo attraverso i vetri di una finestra uguale a tutte le altre. Essere davvero «nessuno»: nemmeno un assassino vero e proprio, solo un povero malato di mente, un pazzo esaltato che la legge non si prende il disturbo di punire. Non un eroe, come si era illuso di essere, e neppure un criminale: semplicemente un fallito, un perdente, come quel vecchio che per disperazione ha finito con lo scavalcare il parapetto e buttarsi nel vuoto. È questo che Sabrina vorrebbe da lui? Proprio lei, la rampante Fairy Queen, che fino a ieri confondeva il suo cinico capo con il principe azzurro? «Eh no, bella, grazie tante, – pensa M. con un moto di rabbia. – Ora, se permetti, tocca a me essere un po' cinico».

CAPITOLO CINQUANTUNESIMO

Un fantastico ricevimento era in programma quella sera a palazzo reale. Cindy non aveva molta voglia di andarci, ma i suoi amici insistevano: sarebbe stato un peccato mancare alla piú grande festa del secolo, senza contare che il re e la regina avrebbero potuto considerare la sua assenza come una grave mancanza di riguardo. Se loro stessi, con l'amatissimo figlio ancora prigioniero della foresta incantata, si sentivano di aprire le sale della reggia, di mescolarsi alla folla degli ospiti, persino di partecipare alle danze, sarebbe stato semplicemente ridicolo che Cindy si rifiutasse di seguire l'esempio. E poi, non era curiosa di conoscere quel gran personaggio che, come si mormorava in tutto il regno, sarebbe intervenuto alla festa in qualità di ospite d'onore?

– Avete ragione, – disse Cindy. Effettivamente la incuriosiva scoprire chi fosse l'ospite misterioso che il re e la regina avevano invitato e di cui nessun altro, nemmeno a corte, conosceva l'identità. – Però dovrete aiutarmi voi a farmi bella.

– Bella lo sei già, Cindy, solo un po' sbattuta, – rispose in tono incoraggiante il Re dei Barbagianni. – Basterà nascondere le occhiaie con una spolverata di cipria Stardust (link) e tornerai come nuova!

– Sí, – intervennero in coro gli allegri micetti Pissy e Pussy, – e poi non devi dimenticare il fard Suspiring (link), in cento tonalità una piú bella dell'altra: l'ideale per far tornare il colore sulle guance!

E cosí tutti insieme, sotto la guida della buona fatina, gli amici strapparono Cindy dal letto, la rivestirono dalla testa ai piedi con i suoi capi piú eleganti, le pettinarono i lunghi capelli biondi in una splendida acconciatura e cancellarono con il trucco ogni traccia di sofferenza. Davvero sembrava tornata come nuova, anzi, forse era persino piú carina del solito quando uscí di casa per recarsi al ricevimento: i topolini bianchi che trainavano la carrozza le fecero mille complimenti durante il tragitto, paragonandola addirittura alle modelle mozzafiato della rivista *Glamour Teen* (link), l'autorità assoluta in fatto di moda per adolescenti. Ma Cindy sedeva pensierosa nella sua carrozza a forma di zucca e sembrava che quelle lodi sperticate non le facessero né caldo né freddo.

Infine eccola a palazzo. Il re e la regina la accolsero piú sbrigativamente del solito, e nonostante l'eleganza del suo look pochissimi tra gli invitati si voltarono a guardarla. D'altronde era naturale che fosse cosí: l'attenzione di tutti era concentrata sull'ospite misterioso, una figura in domino nero che Cindy riusciva appena a intravedere, circondata com'era da un folto capannello.

– È lui? – – Sí, è proprio lui! – si bisbigliavano l'un l'altro gli invitati. – Ma a parte questo, si può sapere chi diavolo è?

A questa domanda nessuno era in grado di rispondere; evidentemente però doveva trattarsi di un pezzo grosso, altrimenti il re e la regina non gli avrebbero riservato un simile onore. Anche adesso, dai loro alti troni tempestati di pietre preziose, osservavano compiaciuti il domino nero che svolazzava da un capo all'altro della sala perennemente inseguito da un nugolo di cortigiani. E quando fu il momento di cominciare le danze, fu proprio l'ospite misterioso ad aprirle in coppia con la regina, mentre il re offrí il braccio alla moglie del gran ciambellano e Cindy dovette adattarsi ad accettare l'invito di un oscuro nobiluomo.

Tra un volteggio e l'altro Cindy lanciava continue occhiate all'ospite sconosciuto. Aveva uno strano modo di danzare, come se a ogni passo fosse sul punto di balzar via e solo la mano della regina, che poggiava saldamente sulla sua spalla, riuscisse per ora a trattenerlo a terra.

Una volta, due volte il maestro di cerimonie ordinò ai ballerini di scambiarsi le dame, e Cindy, piroettando sempre piú vorticosamente tra le braccia dei nuovi cavalieri, finí col lasciarsi catturare del tutto dal piacere della danza e col perdere di vista quel bizzarro personaggio.

Ma quando il maestro di cerimonie ripeté il suo ordine per la terza volta, all'improvviso Cindy se lo trovò davanti, proprio lui, l'ospite misterioso, che le rivolgeva un inchino garbato per invitarla a ballare. Il cappuccio del domino gli nascondeva il viso: si indovinavano soltanto gli occhi, che sembravano grandi e lucidi.

Ringraziandolo, Cindy gli diede il braccio. Mentre eseguiva le complicate figure della quadriglia continuava a scrutare il suo cavaliere e ben presto si accorse che anche lui la guardava fisso. C'era qualcosa di familiare in quello sguardo, in quegli occhioni sporgenti che emergevano dall'ombra del cappuccio. E a un tratto, durante una giravolta un po' piú ardita delle altre, il cappuccio si scostò leggermente lasciando scorgere il viso dell'ospite.

– Mr. Frog! – gridò Cindy sbalordita. – Non avrei mai creduto di trovarti qui!

CAPITOLO CINQUANTADUESIMO

– E invece eccomi qui, come vedi, – replicò il ranocchio sorridendole benevolmente.

– Credo che tu mi debba una spiegazione.

– Certo, Cindy, te la devo proprio: vieni con me sulla terrazza e ti spiegherò tutto per filo e per segno.

A questo punto Sabrina si interruppe. Rilesse le righe che aveva scritto, rimase per un poco a fissare la breve linea pulsante che la esortava a continuare, poi, rassegnata, chiuse il file. – È una parola, – mormorò. Era davvero difficile spiegare ai suoi piccoli lettori come mai Mr. Frog fosse stato invitato alla reggia, e come mai avesse deciso di andarci; i personaggi delle fiabe erano tenuti a mantenere con se stessi una certa coerenza, altrimenti rischiavano di dissolversi nel nulla, e in nessun caso i cattivi potevano diventare buoni, i nemici amici, senza che di quel mutamento venisse presentata una ragione credibile.

Ma piú ci pensava, meno riusciva ad afferrare questa ragione. A sconcertarla era soprattutto Mr. Frog, al quale aveva sempre attribuito princípi piú saldi. Invece eccolo lí al ballo di corte, il braccio intorno alla vita della regina, eccolo mescolarsi ai cortigiani con la disinvoltura di chi ha sempre appartenuto a quell'ambiente. C'era davvero di che confondere non solo la piccola Cindy, ma anche Sabrina.

Spense il computer e andò alla finestra. I cinesini stavano schiamazzando nel cortile: era quello, ogni anno, il primo segno che annunciava la primavera, un segno molto piú affidabile di quanto non lo fosse il ritorno delle rondini. Lei poi di rondini non ne aveva mai viste intorno a casa sua, e nemmeno nel grande parco cittadino dove anche quest'anno si recava ogni tanto a passeggiare evitando di sollevare lo sguardo sull'alto edificio della Desire; là erano soprattutto i vagabondi a segnalare il cambio di stagione tornando a dormire sulle panchine, sbarazzandosi per gradi dei loro ripari di cartone e fogli di giornale. Quando li vedeva Sabrina ripensava sempre alla domanda di Max, se si fosse mai guardata intorno, e allora si fermava a osservarli come se da quel triste spettacolo potesse venirle una sorta di rivelazione. Ma non gliene veniva altro che malinconia e un penoso senso di impotenza, e la crescente convinzione di appartenere anche lei, come quei derelitti, alla folla sterminata dei perdenti. Come il maestro; come l'infelice coinquilino il cui grido avrebbe forse udito di nuovo tra qualche mese, quando i primi caldi avrebbero costretto gli abitanti dello stabile a trascorrere la notte con le finestre aperte. E chissà, forse allora si sarebbe unita anche lei a quel grido che già sentiva crescere in sé giorno dopo giorno, muto e disperato, nonostante tutti i suoi sforzi per soffocarlo.

Max invece non era un perdente: se ne era accorta con stupore. Come Mr. Frog, anche lui aveva saputo cogliere l'occasione e il contratto con la Desire era stato concluso senza bisogno che Sabrina svolgesse nessun ruolo di intermediaria. L'avevano tanto pregata di convincerlo, e alla fine lui si era convinto da sé. Ma allora perché quel sangue? Perché imprigionare il principe nella foresta stregata?

Tornò al computer, riaprí il file.

– È difficile, Cindy, spiegare perché. In fondo non avevo niente contro il principe, per me era soltanto un simbolo.

– Un simbolo di cosa?

– Non me lo ricordo. Di qualcosa che non mi piaceva.

– Ma che ora comincia a piacerti, se non sbaglio.

– Che c'è di male, Cindy? Nella vita si può anche cambiare idea,

specie quando si hanno buoni motivi per farlo. Sai, le loro maestà mi hanno promesso che prenderò il posto del gran ciambellano, un posto invidiabile, pieno di prospettive, e dopotutto è ora che io pensi a sistemarmi. Ma non è solo questo, Cindy, non sono cosí venale.

– Non lo sei?

– Nemmeno per sogno! È che ho scoperto (vedi, prima non lo sapevo) che mi piace moltissimo essere qualcuno. È una cosa che adoro, che mi manda in estasi! Avere intorno tutti quei cortigiani omaggianti, quei principi e duchi che mi trattano come un loro pari, sapere che le comari parlano di me quando filano davanti al fuoco, che gli araldi danno notizia di me quando fanno rullare i tamburi in ogni sperduto villaggio del regno... Credimi, Cindy, è davvero un'esperienza fantastica, è la cosa piú esaltante che mi sia mai capitata, e adesso che ho avuto la fortuna di gustarla non potrei assolutamente tornare indietro, alla mia oscura esistenza di ranocchio.

– Ti capisco, sí, – rispose Cindy con tristezza, – ti capisco fin troppo bene. Volevi soltanto dare un significato alla tua vita.

– Precisamente! E considera che da tutto questo possono venire grandi vantaggi anche a te: che diamine, siamo o non siamo amici?

– Credo di no. Forse non lo siamo mai stati.

– Non dire sciocchezze. Vuoi che ti dimostri la mia amicizia? Allora ti darò un buon consiglio: parlami subito del tuo shampoo preferito, o di quei deliziosi biscotti che sgranocchi a colazione. Santo cielo, Cindy, che cosa ti prende? Ti rendi conto che dall'inizio della puntata non hai piú fatto il nome di un prodotto?

CAPITOLO CINQUANTATREESIMO

Benvenuto sul sito www.desire.com, dove potrai soddisfare ogni tuo desiderio! Clicca qui se vuoi conoscere le ultime novità.

Meno tre! Mancano soltanto tre giorni all'ora X e certamente avrai già provveduto a prenotare la tua copia del dvd *Il delitto del secolo*. Se non l'hai fatto sei ancora in tempo, ma devi affrettarti, altrimenti rischi di rimanere a bocca asciutta!

Direttamente a casa tua potrai assistere al piú efferato assassinio della storia recente ripreso con assoluta perfezione tecnica dalle videocamere della Desire (ovviamente della prestigiosa marca The Eye of God: clicca qui per scaricare il listino aggiornato).

Non avrai piú niente da invidiare ai testimoni oculari, anzi, saranno loro a invidiare te, perché dalla tua poltrona in prima fila potrai vedere non solo il filmato del delitto, ma anche le immagini tridimensionali del cadavere che i nostri migliori operatori hanno catturato all'obitorio a distanza piú che ravvicinata, oltre a un'interessantissima serie di interviste in esclusiva ai famigliari, ai colleghi della vittima e ovviamente all'assassino, del quale siamo in grado di offrirti una scheda biografica completa.

Non sei ancora convinto? Vuoi saperne di piú? Allora ti consigliamo di disdire ogni impegno per venerdí 27 e di sintonizzarti alle 20.30 precise su Teleshock! Come tutti sanno, infatti, la puntata del popolare talk show *Dimmelo sottovoce* sarà interamente dedicata al delitto del secolo, con la presenza di ospiti d'eccezione. Nel corso della serata (te lo diciamo sottovoce!) la nostra Lavinia, vicepresidente della Desire e sorella del compianto fondatore, scambierà in diretta con Max il bacio del perdono: una scena commovente, davvero imperdibile! L'evento è previsto intorno alle 21.45, dopo la quinta pausa pubblicitaria.

CAPITOLO CINQUANTAQUATTRESIMO

Rondini o non rondini, era davvero arrivata la primavera: improvvisa, sfacciatamente vitale, mortificando il grigiore cittadino con l'azzurro splendore del suo cielo, con il verde delle sue foglie nuove. Sabrina se ne rese conto quando si affacciò a guardare dal *roof garden*, e la vista della città immensa, brulicante di occasioni, le diede coraggio per la scelta difficile che aveva deciso di compiere. Sulle prime la città non faceva una buona impressione: sembrava soltanto un cupo, labirintico carcere, una prigione dalla quale era impossibile evadere; poi però, osservando di fronte a sé in un palazzo di uffici quelle file di finestre che Max trovava tanto opprimenti per la loro monotonia, Sabrina si accorse che non erano affatto identiche l'una all'altra: qui qualcuno aveva appeso al davanzale una fioriera traboccante di gerani, là due tendine variopinte oscillavano dietro le ante socchiuse interrompendo con una nota allegra il grigio della facciata e piú sotto, al terzo piano, c'era persino un gatto sdraiato pigramente a prendere il sole. Piccoli gesti, piccole, preziose ribellioni all'ordine delle cose... Chissà che anche di questo non si potesse scrivere? Dietro una di quelle finestre, nel palazzo di fronte o in uno dei tanti che si susseguivano a perdita d'occhio fino all'orizzonte, forse qualcuno stava ascoltando Beethoven; dietro un'altra, qualcuno si collegava al sito della Desire per leggere la nuova fiaba della Fairy Queen; dietro un'altra ancora, qualcuno scorreva insoddisfatto le pagine del web cercandone una che parlasse al suo cuore, alla sua mente o alla sua fantasia; e immaginando tutto questo, Sabrina si rese conto che non sarebbe mai stata sola.

Nel parco, nello stentato parco cittadino, le piante resistevano allo smog rinnovando il miracolo della primavera, e la luce fresca del sole di marzo giocava con l'erba e con le foglie, creando un effetto di tale dolcezza da far impallidire il luccicante pulviscolo digitale che circondava i capelli della Fairy Queen. Anche di questo si poteva scrivere, perché no? O di quei ragazzi, dovevano avere piú o meno la sua età, che giravano il parco fermandosi davanti alle panchine per porgere ai barboni un panino, una bibita fresca, una coperta in cui avvolgersi durante le notti che in marzo, è nell'ordine delle cose, sono ancora molto fredde. Mentre li osservava dal *roof garden* della Desire, Sabrina vide uno dei ragazzi sedersi sulla panchina accanto al vagabondo, e vide le loro teste avvicinarsi a poco a poco come quelle di due amici che fanno conversazione. Questa scena, pensò, non meriterebbe un link? Sí, anche di loro, anche per loro avrebbe potuto scrivere: per quelli (ed erano tanti) che non leggevano la rivista *Glamour Teen*, che riuscivano a camminare benissimo anche senza le scarpe Superfast e che non avevano nessuna voglia di farsi dire da qualcun altro come dovevano pensare.

Scese nell'atrio, dove Deborah la accolse con un sorriso un po' freddo, e cominciò a frugare la sua borsa in cerca della busta che intendeva consegnarle. L'aveva appena trovata, quando squillò il campanello. Deborah lanciò un'occhiata al monitor che, sistemato sul suo banco, le mostrava l'immagine del pianerottolo, e si affrettò a premere il pulsante per aprire la porta.

– Avanti, prego! – disse in tono ossequioso al visitatore che si era fermato sulla soglia. – Un attimo di pazienza, avverto subito il presidente.

Sabrina si volse e si trovò di fronte un giovane alto e pallido, vestito da capo a piedi con i piú costosi capi firmati. Solo dopo qualche istante riconobbe Max. Le parve davvero che quel ranocchio fosse stato trasformato per magia in un principe spavaldo e sicuro di sé: persino gli occhi erano diversi, non si nascondevano piú dietro gli occhiali dalla montatura metallica ma sembravano fermamente intenzionati, grazie all'aiuto discreto delle lenti a contatto, a guardare il mondo dritto in faccia, senza lasciarsi intimidire da niente e da nessuno.

Appena la vide, lui le andò incontro con la mano tesa. – Ciao, Sabrina, sono felice di rivederti. Non ti aspettavi, immagino, di incontrarmi qui.

– Ti sbagli, invece me l'aspettavo.

– Strano: sono stato dimesso soltanto ieri dalla clinica psichiatrica.

– Lo so, era su tutti i giornali.

– Già, non ci pensavo. Ti dirò, da quando sono fuori sono stato talmente travolto dagli impegni che non ho neppure avuto il tempo di dare un'occhiata alla rassegna stampa.

– Attento a non stancarti troppo.

– Comunque avevo intenzione di telefonarti, uno di questi giorni.

– E perché?

– Per sapere come stavi.

– Come stai tu, piuttosto.

– Mah... Bene, suppongo: se non altro non mi sveglio piú gridando, la notte.

Prima che Sabrina potesse rispondere qualcosa, il presidente della Desire comparve in fondo al corridoio e avanzò verso di loro facendo vistosi cenni di saluto.

– Carissimo! Benvenuto tra noi! – esclamò quando li ebbe raggiunti, battendo a Max pacche cordiali sulla spalla. Poi, voltandosi verso Sabrina: – E benvenuta anche lei, Sab, naturalmente. Sempre al fianco del suo amico, vero? Immagino che sia molto fiera di lui, e ne ha tutte le ragioni.

Arrossendo, senza guardare la ragazza, Max posò una mano sulla spalla del presidente. – Certo, siamo tutti amici, e spero che lo rimarremo. Ho saputo che ultimamente, per causa mia, tra voi e Sabrina c'è stata qualche piccola incomprensione...

– Acqua passata, Max, non preoccuparti! In fondo si è trattato semplicemente di un equivoco: la nostra cara Sab credeva di interpretare la tua volontà e si è sbagliata di grosso, ecco tutto. A quell'età, è un errore piú che scusabile. Ma la Fairy Queen per noi è sempre la Fairy Queen, anzi, ora piú che mai. A proposito, Sab, quando pensa di consegnarci la nuova puntata?

– L'ho qui con me, – rispose Sabrina porgendogli la busta bianca che teneva in mano.

– Splendido, perfetto! – esclamò il presidente infilandosela in tasca. – Poteva mandarcela come al solito per e-mail, ma pazienza, non è la fine del mondo; anzi, ogni tanto non fa male leggere qualcosa di cartaceo.

– Non apre la busta?

– Be'... che fretta c'è? Ma se ci tiene, Sab, la aprirò quando saremo nel mio ufficio: cosí potrò dare una rapida scorsa al testo della puntata e ne discuteremo insieme, approfittando anche dei preziosi consigli di Max. Su, ragazzi, venite con me.

Aprendo le braccia in un gesto largo e protettivo, fece per instradare i due giovani nella direzione del suo ufficio; ma Sabrina non si mosse.

– Preferirei che l'aprisse subito.

Il presidente la guardò perplesso, poi si voltò verso Max come in cerca di una spiegazione; ma gli bastò un'occhiata per rendersi conto che il ragazzo ne sapeva quanto lui.

– Non capisco, ma... Come vuole, Sab: farò come vuole. Che diamine, non si può negare niente all'amica del cuore di Max. Una, due, tre... quattro pagine? Allora dovrà concedermi un po' di tempo. Ma quest'altro foglio, che cos'è?

– La mia lettera di dimissioni.

– La sua...? – Incredulo, sbalordito, il presidente non trovò abbastanza fiato per terminare la frase. A memoria d'uomo, era la prima volta che qualcuno si licenziava dalla Desire invece di esserne licenziato, e il colpo fu tale da far impallidire il presidente sotto l'abbronzatura. – Scusate... vogliate scusarmi, – disse boccheggiando, e da solo, a grandi passi, fuggí verso il suo ufficio. La busta di Sabrina rimase lí, sul pavimento.

– Sei impazzita? – le disse Max sottovoce quando furono soli. – Che cosa ti sei messa in testa di fare?

– Di dare un significato alla mia vita. In fondo me l'hai suggerita tu, questa idea.

E si avviò tranquillamente verso la porta mentre Max, dopo averla seguita per un po' con uno sguardo avvilito, imboccò la direzione opposta per raggiungere il presidente nel suo ufficio.

INDICE

p. 5 Capitolo primo
7 Capitolo secondo
11 Capitolo terzo
13 Capitolo quarto
18 Capitolo quinto
20 Capitolo sesto
24 Capitolo settimo
28 Capitolo ottavo
31 Capitolo nono
34 Capitolo decimo
38 Capitolo undicesimo
42 Capitolo dodicesimo
45 Capitolo tredicesimo
51 Capitolo quattordicesimo
53 Capitolo quindicesimo
55 Capitolo sedicesimo
61 Capitolo diciassettesimo
63 Capitolo diciottesimo
68 Capitolo diciannovesimo
70 Capitolo ventesimo

72 Capitolo ventunesimo
76 Capitolo ventiduesimo
79 Capitolo ventitreesimo
84 Capitolo ventiquattresimo
89 Capitolo venticinquesimo
92 Capitolo ventiseiesimo
94 Capitolo ventisettesimo
97 Capitolo ventottesimo
101 Capitolo ventinovesimo
104 Capitolo trentesimo
107 Capitolo trentunesimo
109 Capitolo trentaduesimo
114 Capitolo trentatreesimo
116 Capitolo trentaquattresimo
123 Capitolo trentacinquesimo
125 Capitolo trentaseiesimo
126 Capitolo trentasettesimo
130 Capitolo trentottesimo
133 Capitolo trentanovesimo
140 Capitolo quarantesimo
146 Capitolo quarantunesimo
148 Capitolo quarantaduesimo
151 Capitolo quarantatreesimo
155 Capitolo quarantaquattresimo
156 Capitolo quarantacinquesimo
158 Capitolo quarantaseiesimo
160 Capitolo quarantasettesimo
164 Capitolo quarantottesimo
167 Capitolo quarantanovesimo
171 Capitolo cinquantesimo

173 Capitolo cinquantunesimo
176 Capitolo cinquantaduesimo
179 Capitolo cinquantatreesimo
181 Capitolo cinquantaquattresimo

YOUNG

Valentina Misgur, *Trovami un giorno*
Francesca Longo, *Come ti sequestro la prof*
Sophie McKenzie, *Sei passi per conquistare una ragazza*
Francesca Longo, *In gita di distruzione*
Patrizia Marzocchi, *Il viaggio della speranza*
Sabrina Rondinelli, *La nostra prima volta*
Francesca Longo, *Mojito*
Emanuela Da Ros, *Se*
Paola Capriolo, *Io come te*
Deborah Gambetta, *Viaggio di maturità*
Gigliola Alvisi, *Non sono una bambola!*
Massimo Carlotto, *Jimmy della Collina*
Sabrina Rondinelli, *Camminare correre volare*
Patrizia Rinaldi, *Rock sentimentale*
Francesco D'Adamo, *Mille pezzi al giorno*
Gigliola Alvisi, *Sono solo Mia*
Carlo Lucarelli, *Febbre gialla*
Antonio Ferrara, *Certi fiori stanno all'ombra*
Giuliana Facchini, *Il mio domani arriva di corsa*
Zita Dazzi, *Stai con me*

Guido Sgardoli, *O sei dentro o sei fuori*

Paola Capriolo, *No*

Anna Pavignano, *Tutto quello che vorrei*

Paola Capriolo, *L'ordine delle cose*

Finito di stampare nel mese di aprile 2013
per conto delle Edizioni EL
presso Grafica Veneta S.p.A., Trebaseleghe (Pd)